小川未明

儿童文学经典

牛女

[日] 小川未明 著
周龙梅 彭懿 译

浙江少年儿童出版社·杭州

《打瞌睡的镇子》

《黑色的人影与红色的雪橇》

《深山里的秋天》

《月亮和海豹》

小川未明
和他的童话

1

在日本，小川未明被誉为"日本的童话之父""日本的安徒生"，儿童文学理论界更是把他说成是日本近代儿童文学史上一个巨大的、影响深远的存在，把他的童话说成是日本近代儿童文学的起点。

小川未明一生写过一千多篇童话，许多日本人，包括我们所熟悉的作家、画家，都是看着小川未明的童话长大的。

比如，写过《狐狸的窗户》的作家安房直子就曾经这样写道：

最开始读的小川未明的作品是《红蜡烛与美人鱼》。不过，是什么时候，又是在哪一本书上读到的，却完全记不起来了。童年时读的书，无论是从装订、插图，甚至于纸张的感触，我都能记忆犹新，不知为什么，唯独《红蜡烛与美人鱼》没有一点印象了。

只记得那是一个无比悲伤、无比黑暗的故事，让我屏住呼吸一口气就读完了。而且，我还记得，我当时还想这么悲伤的故事我不会再读第二遍！这大概是我头一次遭遇的黑暗而美丽、哀伤而美丽的故事了吧！

还有，自从读了这篇作品之后，我开始对红色产生了一种不可思议的感觉。在那之前，红色对于我来说不过是一种鲜艳、明亮的颜色而已。可是在这篇作品中，我却隐隐约约地感到，这红色里如同诅咒一般地包含着深切的悲哀和令人恐怖的黑暗。

红色如今仍然吸引着我，这大概要归功于未明的童话了。虽然我不喜欢穿红衣服，但我喜欢眺望红色。我觉得它是一种不可思议的颜色。它是一种把温情与冷酷，悲伤与欢乐，吉利与不吉利——这些截然相反的意象，贪婪地吞噬进去，不同的时候放射出不同的光辉的、拥有妖气的颜色。

我常想，自己什么时候也能写出这样一篇作品来呢。

再比如，画过《活了100万次的猫》的画家佐野洋子也曾经写道：

我是几岁时知道《红蜡烛与美人鱼》这篇童话的呢？

不用说小川未明这个名字了，也许连《红蜡烛与美人鱼》这个篇名都没有记住。我只记得读到美丽的美人鱼被迫把蜡烛全都涂成红色的场面时，非常恐怖，心都要碎了似的，留下了非常难过的印象。她为什么要到老爷爷和老奶奶家里来呢，我记不清了。美人鱼的母亲来找孩子的场面，也记不清了。

留下来的，只有远方隐隐约约地传来悲伤的音乐，突然激烈地变成了鲜明的音色，然后又消失在远方的感觉。

把白蜡烛涂成红色的美人鱼，才是我的红蜡烛与美人鱼。

我无法忘却。

我记得那本书里还有一张插图。美人鱼细细的指尖，被染成了淡淡的红色。画在光滑冰凉的纸上的淡红色的细细的指尖，很可怜。细细的脖子，像烟一样的头发。美人鱼虽然穿着衣服，但却可以看到身体。透明的美人鱼，如同融化在了冰冷而又美丽的蓝色之中。身体没有重量，淡红色的指尖比水还要凉。

有一天，我久久地凝视着那张插图。我看着她那白白的脖子，不知为什么，焦点模糊起来了，她的脖子动了一下，她在轻轻地呼吸。

美人鱼活了。

2

小川未明的本名为健作，未明实际上是他后来在早稻田大学读书时的恩师坪内逍遥给他起的笔名。坪内逍遥介绍他在《新小说》杂志上发表登上文坛的处女作《流浪儿》时，对他说："歌德说美在黄昏，我觉得黄昏漫无边际，同样也是微明，拂晓怎么样？就叫未明吧！"

1882年4月7日，小川未明出生于新潟县的高田市，高田就是现在的上越市幸町一带。这里是日本屈指可数的雪国，一年有一半的时间被灰色的天空笼罩，每天夜里大海的呼啸声不绝于耳。遇上大雪之年，整个镇子都会被大雪埋住。

后来回忆起自己的童年时，小川未明曾经这样写道："北国从十月末起，天就变得昏暗起来，十一月就会下雪。不到来年的三月或是四月，那雪都不会消失。现在回想起来，才会意识到那昏暗的、白雪皑皑的景色有多美，那才是北国特有的景色。然而，当我还是一个孩子的时候，那种寂寞之感实在是让人无法忍受。我总是在想，春天要是早点来多好啊！每当绚丽的晚霞映红天空，我就会想，啊，明天是一个好天，我非常快乐，喜不自禁……一想到如果翻过这座大山，山那边会是一个没有雪的、明亮的世界，心中就会充满了无边无际的幻想。没有雪、明亮、暖和的地方，是我孩提时代最大的一个憧憬。"

北国的这段童年生活，对小川未明日后的创作产生了深刻的影响。他早期的许多童话，如《牛女》《红蜡烛与美人鱼》《黑色的人影与红色的雪橇》等，都是源自于他的这段童年经历。用日本儿童文学评论家砂田弘的一句话来说，就是少年未明所"遭遇的风景、民俗、父亲对信仰的狂热追求以及从祖母那里听来的神秘的故事，共同酿就了未明文学的土壤"。

1895年，十三岁的小川未明升入高田中学。这时的他已经对文学产生了浓厚的兴趣，开始向《中学世界》投稿。不过，因为只喜欢文科，讨厌理科，不适应学校的氛围，继续用砂田弘的一句话来形容，就是小川未明"度过了一段愤怒与屈辱的日子"。后来因为升学考试数学连续三次不及格，不得不退学。

1901年，十九岁的小川未明胸怀进京大志，在高田中学一位英语教师的推荐下，来到东京，参加东京专门学校的文科考试被录取。第二年，东京专门学校改名为早稻田大学，小川未明转到了英文科。两年后，他的一篇文章得到了坪内逍遥的赏识，开始受邀参加坪内逍遥每个月在家中举办的读书会，作品也得到亲切而又细心的修改，正是坪内逍遥引导他走向了作家之路。

不过，在校期间，还有一个人对他的影响不可低估，这个人就是《怪谈》的作者小泉八云。虽然仅听过晚年的小泉八云的四个月的课，但他深受感动，不但读遍了小泉八云的所有作品，连毕业论文写的也是《小泉八云论》，可见小泉八云对他的影响之大。其实，我们从他的许多作品，如《月夜与眼镜》《小岛黄昏的故事》《有白门的房子》中也都可以或隐或现地看到小泉八云那些灵异故事的影子。

早稻田大学毕业前夕，二十三岁的小川未明在《新小说》上发表了《冰雹加雨雪》，这篇作品不但获得了好评，也确立了他的作家地位。在这篇50多页的作品中，他用美文的笔触、回忆的语调，以北国的自然风物与生活为背景，叙述了一个少年的孤独与不安，反抗与憧憬的故事，被认为是小川未明小说的原型。

1906年，新婚不久的小川未明加入了早稻田文学社，并在从英德留学回国的早稻田大学讲师岛村抱月的推崇下，成了"以新童话运动为目标"的《早稻田文学》的附刊《少年文库》的一名编辑。岛村抱月当时就洞察出了小川未明作为一名童话作家的资质，曾经对日本儿童文学的先驱严谷小波说过这样一句话："他将来肯定会奔赴你的领域的！"虽然《少年文库》只出版了一期就结束了，但小川未明在上面发表了四篇童话。

1907年，小川未明出版了第一部小说集《愁人》。1910年，小川未明出版了第一部童话集《赤船》。

对于小川未明当时的创作风格，日本《儿童文学事典》给予了这样的评价——

当时未明的作品风格，应该看作是自然主义文学在态度和方法上的一种表现，是典型的日本的"印象主义"。他一方面注重写实，一方面努力发扬主观的、感情的宣泄。其结果，便是虽然所表现出来的相貌是现实的，但却又是浪漫而神秘的。在文学史上，未明文学可以归属于自然主义，同时又被列入反自然主义文学一派的新浪漫主义的文学之中，但他的本质只能算是"印象主义"。

1918年7月，童话作家铃木三重吉提出了为孩子创作艺术童话和童谣的口号，创办了童话杂志《赤鸟》。小川未明也是其中一个积极的参加者。以《赤鸟》为舞台，近代日本的儿童文学迎来了童话和童谣的黄金时代。这里需要提一笔的是，当时的童话，指的是创作的儿童文学。

也是这一年，小川未明久病不愈的长女晴代不治而亡。而在此之前的1914年，他已经失去了六岁的长子哲文。小川未明悲痛万分，甚至写下了这样的文字："贫困时代丧失二子，悲彻骨髓，甚于鞭打。"第二年，他发表了童话《金环》，故事说的是久病初愈的太郎，在家门口看见一个少年滚着环子从马路上跑了过来。那环子金光闪闪，放射出灿烂的光辉。当这个陌生的少年快跑到马路尽头的时候，朝太郎这边微微笑了一笑，就像对老朋友那样，看上去令人感到十分亲切。这天晚上，太郎对母亲讲起了少年和金环的事，母亲不相信。过了两三天，七岁的太郎就病死了……篇幅极短，不过千余字，但写得哀婉而宿命，可以看作是小川未明为两个幼年夭折的孩子谱写的一首安魂曲。

两年后的1921年，三十九岁的小川未明发表了被称为"未明童话最高杰作"的《红蜡烛与美人鱼》——

美人鱼不仅住在南方的大海里，也住在北方的大海里。

北方的大海是蓝色的。有时，美人鱼会爬到岩石上，一边眺望着周围的景色，一边休息。

从云缝里透出的月光，凄凉地映照在波浪之上。无论朝哪一边眺望，都是一望无际的惊涛骇浪，翻腾起伏。

多么凄凉的景色啊！美人鱼想。自己的样子与人并没有什么太大的不同，如果与鱼类呀，或者是住在深海里的各种凶猛的兽类比起来，自己的心灵和样子也许更像人类吧！既然这样，自己为什么还要和鱼类、兽类什么的一起生活在冰冷、黑暗、阴郁的大海里呢？

美人鱼一想到多少年都没有一个说话的对象，一直都在憧憬着明亮的海面生活，就忍受不了了。于是，一到月光皎洁的夜晚，美人鱼便会浮上海面，在岩石上休息，陷入各种各样的幻想之中……

遭人背叛的美人鱼的悲哀、鬼迷心窍的老夫妇的愚昧以及不可抗拒的大自然的愤怒，都被小川未明用他那支充满色彩感的笔，给栩栩如生地描绘了出来。关于这篇童话的灵感，据儿童文化研究家上笙一郎的推测，是源自于小川未明自己的两段生活经历、一幅画和一个传奇。两段生活经历，一段是小川未明出生后曾经被制作蜡烛的邻居收养，另一段是他上中学时借宿的那户人家，有一位美丽、腿有残疾的主妇和她的女儿。一幅画，是他后来见到的瑞士幻想画家勃克林描绘美人鱼的《戏浪》。一个传奇，是故乡海边流传的美人鱼的传说。这四者结合，诞生了这篇凄美而妖魅感人的作品。

从1921年到1925年，是小川未明创作的巅峰期。他的许多洋溢着幻想色彩的作品，如《到达港口的黑人》《黑色的人影与红色的雪橇》《野蔷薇》《巧克力天使》等，都是在这几年发表的。

1926年5月，在出版了六卷本《小川未明选集》之后，四十四岁的小川未明发表了《今后做童话作家》的"童话作家宣言"，告别小说创作，专心写童话。可惜的是，尽管后来他一直笔耕不辍，但人过中年的小川未明再也没有写出像《红蜡烛与美人鱼》那样幻想丰富的童话佳作来。

3

上世纪五六十年代，小川未明的童话遭到了一批年轻人的猛烈批判。

关于这次批判，在《儿童文学事典》里有这样的记述——进入昭和期（1925年），甚至酿成了这样一种风潮，即未明童话的思想与方法成了儿童文学的规范和理想。正因为是这样的一种存在，到了第二次世界大战过去十几年的六十年代前后，日本儿童文学开始新的飞跃的时候，未明童话便成了年轻一代批判与否定的靶子。属于所谓《少年文学宣言》派的古田足日和鸟越信，从社会变革的现实主义立场出发；《儿童与文学》派从期盼出现欧美式的幻想小说的立场出发，共同否定了未明童话的思想与方法，并以这种否定论作为桥头堡，推出了以长篇少年小说和长篇幻想小说为主轴的六十年代以后的儿童文学。也就是说，日本的现代儿童文学是以否定未明童话作为媒介才成立的。从能成为否定的媒介这一意义上来看，未明这一存在也不能不说是巨大的。

不过，到了七十年代，又出现了重新评价小川未明的动向。

虽然没有全面肯定，但还是有许多人指出了未明童话的独特性和普遍性，高度评价了未明所发挥的作用。

进入八十年代以后，小川未明的作品终于得到了彻底的复苏和肯定。

现在，小川未明的童话在日本不但以文集、选集以及图画书的形式得到重新出版并被广泛阅读，1992年，在小川未明的故乡新潟县上越市，还设立了以"把日本近代童话之父的小川未明的文学精神——对人类的爱情与正义感传给下一代"为目的的"小川未明文学奖"。2005年，建立了"小川未明文学馆"。

小川未明 儿童文学经典 目录

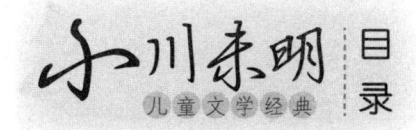

金子没挖出来,却产出梨来的故事 / 1

牛 女 / 6

天仙和火柴盒 / 15

打瞌睡的镇子 / 27

黑旗的故事 / 33

金 环 / 42

老爷爷的家 / 45

喝醉了酒的星星 / 53

到达港口的黑人 / 61

黑色的人影与红色的雪橇 / 71

屯吉和宝石 / 78

两台琴和两位姑娘 / 85

小岛黄昏的故事 / 94

巧克力天使 / 98

深山里的秋天 / 106

大萝卜与钻石的故事 / 114

老鼠与水桶的故事 / 122

受伤的铁轨与月亮 / 128

三把钥匙 / 134

月亮和海豹 / 143

癞蛤蟆妈妈 / 149

南方物语 / 152

雪地上的舞蹈 / 161

金子没挖出来，却产出梨来的故事

有个财主整天坐在宅子里，望着远处的大山胡思乱想：那座山里会不会有什么宝物呢？

那座山并不高，但是轮廓却十分壮观。

正好当时有一个过路的工程师经过村子，说了一句"这座山里好像有铜"。

这个消息传到了财主的耳朵里："我早就有预感了。我每天一看到那座山，就总觉得好像有什么宝物似的。"

一天，财主腰里别上锤子进山了。当他看到山里有一块露头的石头之后，就当啷一锤子给打碎了。只见里面有个东西在阳光下一闪，放射出金色的光芒。这下他更来劲了，把掉在四周的石头全都砸开，拾起来，在阳光下一看，好像哪一块石头里面都含有闪光的东西。

"不光是铜，可能还会有金子呢！"

财主带着挖到宝物的喜悦，若有所思地回来了。

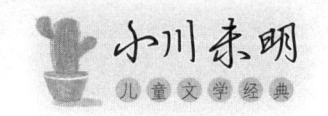

那之后不久，村子里一时谣言四起——

"金佛像站在地主的枕头边上说：去挖山吧……"

"老爷坐在宅子里，眺望远处的大山时，看见金佛像在山那边招手呢……"

三个经验丰富的矿工，被从北方遥远的岛上招了过来。

"你们是想挖到宝物成为大财主，还是打算做一辈子穷光蛋？碰碰运气吧！大干一场吧！成败在此一举！"

财主闲得无聊的一个小小的幻想，竟闹出这么大的动静，连他自己也觉得吃惊。这时，他已经雇了好多村里人在为他干活了。

从岛上来的三个矿工，意见各不相同。"这座山里虽然有铜，有银，有金，有铁，但是年头都太浅。"一个人说。

听了这话，财主问："你说年头太浅，那再过几年不就正好吗？"

"可这不像树和人。"矿工笑着说，"需要五千年到一万年呢！"

财主摇摇头，叹了口气，说："那不连孙子辈都看不到那天了？"

"不，年头不浅。我觉得挖上一百尺，就能碰上好矿脉了。"一个矿工胸有成竹地说。

于是，他们决定开工。

以前一直很冷清的村子，一下子有了生气，变得热闹起来了。烟囱里冒出了黑烟，矿车在远处山坡上轰响奔驰。

但是，地下的秘密和人的命运终归是不可预测的。不到一年，财主的财产就都用光了。而那时，已经挖出像含有金或铜的石头来了。

三个矿工也说，这时候停工太可惜了。

"那就再挖一个月吧。"

"再挖十天。"

就这样，他们抱着希望，又勉强干了一段时间之后，财主终于再也无法支付费用了，他不知躲到哪里去了。昨天还在运行的矿车停了，烟囱里也不再冒烟了。村里又和以前一样变得冷冷清清。村里的人们一边愤愤不平，一边又重新抡起了锄头，而岛上来的那三个矿工因为没有回家的路费，只好在山中的小屋里一直待下去了。

"兄弟，早知道这么倒霉，真不该来。"

"我还以为好不容易找到了一份好工作呢……"

"只要挣点路费就行，真想快点回家啊！"

三个人你看看我，我看看你，这么说着。不久，其中一名矿工染上了可怕的疾病。另外两个人彻夜不眠地守护，最后连自己也被传染了，三个人接连倒了下去。他们痛苦地思念着遥远的故乡，相继死去。

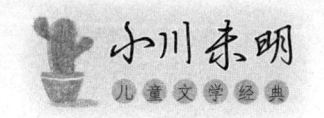

村里的人们很同情三个矿工的遭遇，把他们的尸骨埋在了山里，诚心诚意地悼念他们，还在他们的坟墓上种下了三棵梨树。

山风吹着梨树苗，雨水滋润着梨树的叶子。可过了很久，梨树还是没有开花。

"这些树怎么不开花呢？"每次从这里经过时，村里人都会望着梨树说。

但是，三棵梨树还是长高了。当梨树长到可以看到远处的大海那么高的时候，终于开出了白花。绣眼鸟和黄道眉落在梨树枝头上，眺望着大海那边明亮的天空，鸣叫着。

到了夏末，三棵梨树上都结出了饱满的果实。村里人摘下来尝了尝，那味道实在甜美，让人赞不绝口。

这个村子可以种梨树。农民们想。

以前财主住的宅子已经破烂不堪，无人管理，不知什么时候，那里也种上了梨树苗。到了春天，满村子的梨花宛如白色的雪花一样。夏天，一棵棵梨树都结出了丰硕的果实。

"不知是什么原因，这里的土地似乎很适合种梨树。"村里人这么说着。

不管是平地还是山坡，都种上了梨树，村里人还计划让它们成为当地的名特产。很快，这座村子就成了有名的梨的产地。于是，四面八方的村子都以为可以凭此赚钱，不肯放

过这个机会，也都盲目地种起梨树来。可这跟捕风捉影地挖铜呀金呀银呀什么的不同，而且梨树也不是什么地方都能长得好，只有听得到北海涛声的地方才长得最好。比起其他地方产的梨，这儿的梨水分多，味道甜，甜味中似乎还带有一种淡淡的哀愁。

牛 女

某个村子里，有一个身材高大的女人。因为个子太高了，所以她总是耷拉着脑袋走路。这个女人是哑巴，但是性情极其善良，爱掉眼泪，非常疼爱自己的那个孩子。

女人总是穿着黑不溜秋的衣裳。家里只有她和孩子两个人。村里的人们经常看见她拉着年幼的孩子的手，走在路上。因为她身材高大，心地善良，所以不知是谁给她起了个名字，叫"牛女"。

每当她经过时，村里的孩子们就会喊"牛女过来了"，像看什么稀罕物似的，蜂拥着跟在她的后面，七嘴八舌地乱嚷嚷。可因为女人是个哑巴，耳朵又听不见，所以她总是默不作声地低着头，慢吞吞地往前走。那样子让人看了觉着实在是可怜。

牛女比一般人更疼爱自己的孩子。因为她深知，自己是个残疾人，残疾人的孩子会被别人看不起；孩子没有父亲，除了自己之外，没有别人会来抚养这孩子的。

孩子是个男孩，跟母亲很亲。母亲走到哪儿，他就跟到哪儿。

牛女是个大个子，力气也比一般人大几倍，加上她又性情善良，因此有力气活儿了，人们都愿意找她来做。有人找她背柴火，运石头；有人找她扛行李，做各种各样的杂事。牛女辛勤地劳动着，用挣来的钱维持母子俩的生活。

可是，就这么一个身强力壮的牛女却病倒了，天下大概没有不会生病的人吧？而且，牛女病得还不轻呢，已经不能起来干活儿了。

牛女想到自己可能会死。她想，如果自己死了，谁来照顾这孩子呢？想到这些，她觉得自己就是死也不能瞑目。无论自己的灵魂化作什么，都要来照顾这孩子。大颗大颗的泪珠，从牛女那善良的大眼睛里扑簌簌地滚了下来。

然而，命运似乎也对牛女无能为力了。牛女病情不断加重，最后，还是死了。

村里的人们都觉得牛女可怜。临死前，她是多么的放心不下自己的孩子啊，所有的人都深深体谅她。

人们一起为牛女送葬，把她埋在了墓地里，并决定一起来抚养她留下来的这个孩子。

孩子从这家转到那家，随着岁月的流逝，孩子渐渐长大

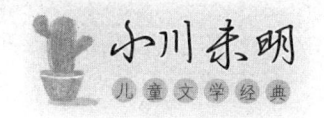

了。每逢遇到高兴或伤心的事，孩子都会思念死去的母亲。

村子里，春天过去了，夏天过去了，秋天一过，便到了冬天。孩子越来越想念死去的母亲了。

冬日的一天，孩子站在村边，向远方国境线的群山眺望，他看见在高高的半山腰上，母亲的身影清楚地浮现在白雪之上。看到这一情景，孩子非常惊讶，但是他没有把这件事情告诉任何人。

后来，每当孩子思念母亲的时候，就站在村边，眺望远山。只要是晴朗的好天气，什么时候都可以清楚地看到母亲那黑黑的身影。那黑影，恰似母亲默默地望着这边，守卫着自己的孩子一样。

孩子虽然没有说过这件事，但是不知什么时候，村里人还是发现了。

"牛女出现在西山上了！"消息传开了。人们纷纷跑到外面，向西山张望。

"肯定是因为惦记孩子，所以才在西山上显形的。"大伙儿议论着。

遇上晴朗的傍晚，孩子们就会望着西边的国境线，异口同声地叫着："牛女！牛女！"

不过，不知不觉，春天来了，积雪一消融，牛女的身影也就渐渐变得模糊不清了。到了仲春，积雪完全融化，牛女

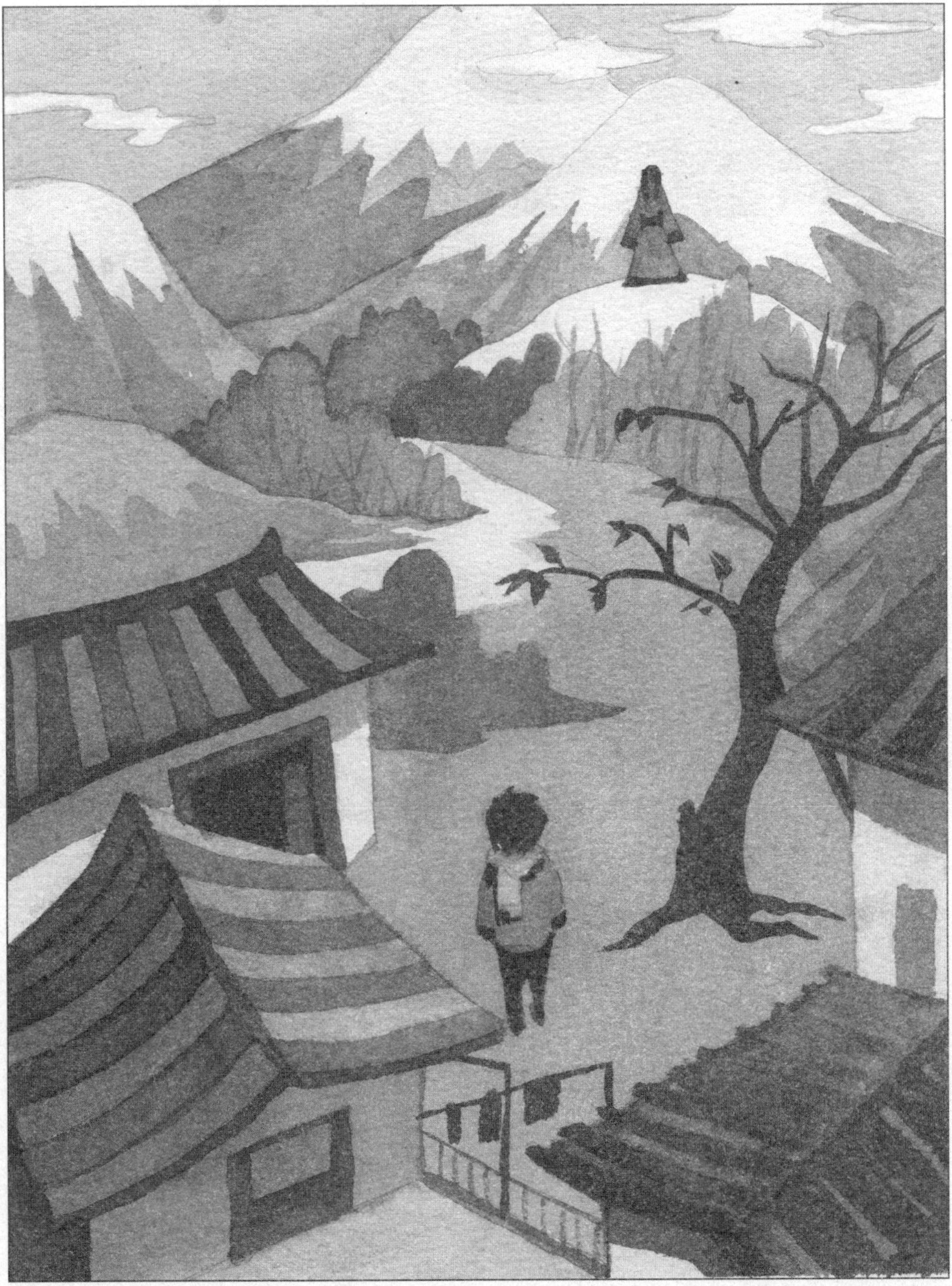

的身影便看不见了。

可是，一到冬天，当山上银装素裹、村里开始下雪的时候，西山上又清楚地浮现出牛女那黑黑的身影。村里的大人和小孩，整个冬天都在围绕着牛女的话题议论不休。而牛女留下的那个孩子，几乎每天都站在村子边上，怀念地眺望着母亲的身影。

"牛女又出现在西山上了。她太挂念孩子了。真是可怜！"乡亲们说着，更加精心地照料那个孩子。

不久，春天来了，天一暖和，牛女的身影便和积雪一起消失了。

就这样，年复一年，牛女黑黑的身影年年冬天都在西山上显现。这时，孩子已经渐渐长大，被送到离这个村子不远的一座镇子上，去一户商家做用人了。

孩子到了镇子上，依然看着西山，眺望着日夜思念的母亲的身影。那个孩子走了之后，每当雪后西山上出现牛女的身影时，村里的乡亲们也还是会说起这对母子之间的那种割不断的骨肉之情。

"啊，牛女的身影已经模糊不清了，天该暖和了。"后来，人们甚至把牛女当成了季节变迁的话题。

有一年的春天，牛女的孩子没有征得出现在西山的母亲的许可，就擅自从那户商家逃了出来，坐上火车，离别故乡，跑到南方的某个地方去了。

从此以后，村里的乡亲们和镇子上的人们，就再也没有人知道那个孩子的下落了。不久，夏天过去了，秋天也结束了，又到了冬天。

很快，山野中、村子里、镇子上，都覆盖了积雪。只是有一件不可思议的事情，那就是唯独这一年，不知为什么西山上看不到牛女的身影了。

人们看不见牛女的身影，觉着纳闷，便议论开了："孩子已经不在镇子里了，大概牛女就没有必要再守护了吧？"

那个冬天也不知不觉地过去了，当又一个春天到来的时候，镇子里还有不少地方的积雪没有融化。一天夜里，一个大个子女人在镇子里慢吞吞地走来走去。见到她的人不禁大吃一惊。因为那不是别人，正是牛女。

大伙儿纷纷议论，牛女为什么到这儿来了？从哪儿来的？后来，人们也常常在深夜看到牛女十分寂寞地在镇子里徘徊的身影。

"牛女肯定还不知道孩子已经离开了故乡，所以，一定是还在镇子里到处寻找孩子呢！"人们议论道。

积雪完全融化了，镇子里连一点雪印也没有了。树木纷纷吐出银色的嫩芽，夜晚也没有那么黑暗了，到了气候宜人的季节。

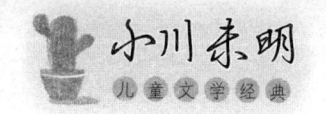

有人说，一天夜里，看见牛女站在镇子一个昏暗的胡同里悄悄地哭泣。不过，从此之后，就再也没有人看到过牛女的身影。牛女怎么了？她已经不在这个镇子上了吧？

从这一年起，即使是到了冬天，山上也再看不到牛女的身影了。

牛女的孩子到了南方一个不下雪的地方，在那里拼命地干活儿，后来，成了一个相当富有的人。于是，他开始怀念起自己出生的故乡来。即使回到故乡，既没有母亲，也没有兄弟，但是有那些小时候好心抚养了自己的乡亲们。他想起了那些乡亲们和村子。他想，应该好好地报答那些人。

牛女的儿子带上大批礼物和钱财，千里迢迢地回到了遥远的故乡，并且重重地酬谢了村里的乡亲们。村里的乡亲们看到牛女的孩子这么有出息，非常高兴，都为他庆贺。

牛女的孩子想，自己应该开创一番事业，因此就在村里买下了一大片土地，种了很多苹果树。他打算种出又大又甜的苹果，然后把它们运往各地。

他雇了很多人，给果树施肥，冬天还把果树包起来，以防被风雪吹断，耗尽了心血。不久，果树渐渐长高了。那年春天，辽阔的田地里，宛如天上下的白雪似的开满了苹果花。明媚的阳光终日照在花朵上，蜜蜂从早到晚地在花丛中飞鸣。

到了初夏，小青苹果挂满了枝头。可就在那些小苹果渐渐成熟丰满的时候，一场虫灾降临，田里落满了生苹果。

第二年，第三年，年年如此。苹果还发青呢，就从果树上掉了下来。这事不免让人觉得有点蹊跷。村里一个见多识广的老爷爷问牛女的孩子："这可能是谁在捣鬼，你想会是什么原因呢？"可牛女的孩子一时想不出来。

但是，当他一个人冷静地思考时，忽然想起了自己无视母亲的亡灵，擅自离开镇子，跑到远方去的事情。另外，重返故乡之后，他也只是给母亲扫了扫墓，还没有祭祀过母亲呢。

他终于认识到母亲生前百般疼爱自己，死后也是那么念念不忘地守护着自己，可自己对母亲未免太冷淡了。他想，母亲一定是生气了。于是，牛女的孩子为了哀悼母亲的亡灵，叫来了和尚，召集了村里的乡亲们，诚心诚意地为母亲举行了祭祀。

第二年春天，果树又像白雪一般地开花了。到了夏天，终于结出了绿油油的大苹果。往年一到这个季节，就会发生虫灾。

夏末的时候，不知从什么地方飞来了成群的蝙蝠，几乎每天晚上都在苹果园上方飞舞盘旋，把害虫都吃光了。其中，有一只大蝙蝠很醒目。那只大蝙蝠就像一位女王似的，

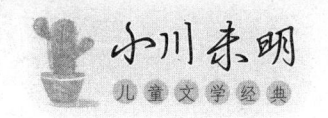

率领着其他蝙蝠。无论是圆月从东方升起的夜晚，还是乌云密布、漆黑一片的夜晚，蝙蝠都会飞来，在苹果园上空飞舞盘旋。这一年，苹果没有生虫，果实累累，收成比预想的还要好。村里的乡亲们纷纷议论说："牛女准是变成了蝙蝠，来保护自己的孩子了。"大家都为她善良、慈爱的心肠而感到哀伤。

后来，一年又一年，每到夏天，都会有一只大蝙蝠率领成群结队的蝙蝠飞来，每天晚上在苹果园上方飞舞盘旋。苹果树也因此没有再生害虫，结出了丰硕的果实。

这样，过了四五年之后，牛女的孩子成了这一带最幸福的农民。

天仙和火柴盒

一天,一位人的肉眼看不见的天仙正在蓝天下的小树枝上玩,风阿姨经过这里说:"你在这里玩什么呢?不如下凡去看看人类是怎样生活的,可有意思了!"

天仙不由得动心了。反正也不会被发现,不管是跑到哪户人家、什么人的怀里或是背上,还是钻到器皿里、停在器皿上都行。可是,究竟去什么地方最好呢?天仙思考起来。

"那里有一片密密麻麻的小房子,就到那里找一户人家察看一下吧……"

天仙进到一户门前摆着破烂儿的穷人家里。母亲是一位好妈妈,她很疼爱姐弟俩。姐姐刚刚小学毕业,就已经在帮助家里做事了。弟弟是个小淘气,刚上学,调皮捣蛋,总是把衣服弄得脏脏的,使得妈妈很为难。

妈妈的脑子里整天都是这两个孩子的事情。

"该给阿花买条和服带子了。立雄的裤子破了,得给他

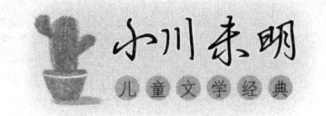

换一条了。"

因为一天到晚总是在考虑着这些事，所以，叫弟弟的时候，她会把两个孩子的名字一起叫出来："阿花，立雄……"

所以，小淘气立雄便会说："妈妈把我的名字给叫错了，怎么搞的？是忘记了吗？"

"啊，你呀，你就好好温习功课吧！"妈妈说。

但是，立雄根本没听妈妈说的话。他把一个空罐头盒子凿了个洞，正在那儿边鼓捣着什么，边走出去。

看到这情景，天仙想："这个小淘气要到哪里去呢？"便想跟他去看看。

总是和立雄一起玩耍的善吉在骑三轮车。立雄看到了，就叫他："阿善，去大沟那边用这个捞东西玩吧。"

上回看到掏大沟的男人用一个大笸箩捞什么东西来着，立雄便想学人家。可是，善吉没吭声，一声不响地骑着三轮车在周围兜来兜去。

"真奇怪呀，阿善怎么不吭声呢？"

立雄想了想，就一个人拖着用绳子系着的罐头盒，向大沟那边走去。

善吉本来也很想一起去的。这里面有个原因，昨天他和立雄打架，被打哭了。回到家里后，善吉好强气盛的母亲非常生气:"怎么又被人家欺负哭了?人家打你的头,你就不会也回手打他?真没骨气。以后再也不许你跟那个小淘气玩了。总是输给人家,哭着回来。没记性,还总是要跟他一起玩儿。下次再跟他玩儿,妈妈可饶不了你。"

善吉想起了母亲说的话。

"我不跟他一起玩儿不就行了。回头再去看看他在捞什么……"

善吉心里很想和立雄一起玩儿,可还是忍住了。他想过一会儿,再去立雄那边看,就骑着三轮车兜来兜去。

立雄把罐头盒沉进了大沟里,在沟底嘎啦嘎啦掏了半天,捞上来一些沟泥。

"这个闪亮的东西是什么?"

他把罐头盒里的黑泥摊在沟边,用指尖捅了一捅,原来是一块破玻璃片。

"哎呀,多脏啊!小淘气,把衣服弄脏了,回家要挨妈妈骂的。"一个不认识的女人从旁边经过时说。但是,正在埋头玩耍的小淘气立雄根本听不进这些话。

"要是能找到好玩的东西就好了。"

然后,他又嘎啦嘎啦地掏了起来,臭烘烘的泥沟里全是些石块,偶尔也有歪歪扭扭的废钉子什么的。

"真没劲!"他把罐头盒连绳子一起扔到沟里去了。然

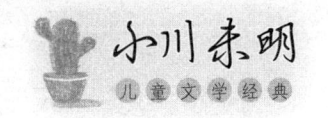

后，双手搭在头顶，呆呆地望着西边泛红的天空。

"你长大了要做什么？"这时，天仙在他耳边细语道。

"我长大了要做一个了不起的人。而且，我要让爸爸妈妈享福。"立雄一个人小声地说。

忽然，身后传来约翰汪汪的尖叫声，立雄吃惊地回头一看，只见沟边放着三轮车，善吉不知什么时候跟来了，掉到沟里，正哭呢。平时一直跟立雄和善吉玩耍的好朋友约翰正竖着尾巴，望着沟下面吼叫呢。

"阿善，你怎么了？"立雄叫着跑了过去。

善吉想去拉立雄丢在沟边的罐头盒的绳子，不小心掉到沟里去了。

"我掉到沟里了，呜呜……"善吉边哭边叫。

"来，抓住我的手……"立雄说着，匍匐着趴在沟边上，把善吉拉了上来。

"你怎么会掉下去呢？"立雄顾不上去拍打自己胸前的灰尘，问。

"约翰一叫，我就掉下去了。"善吉边哭边回答。

"是从后面扑上来的吗？"

立雄这么一问，善吉默默地摇了摇头。

"它一叫，你吓了一跳，就掉下去了，是吗？"

这回善吉点了点头。

约翰不懂人说的话,但看见掉进沟里的善吉被好朋友立雄发现,救了上来,便高兴得不住地摇着尾巴,抬头望着他们俩。

"说这种谎话,你不觉着卑鄙吗?为什么不说真话呢?"天仙在善吉耳边轻声说。于是,善吉感到了羞耻,耳垂都红了。

"我帮你推三轮车吧!"

立雄走在前面,善吉脚上沾满了泥巴,哭着跟在后面。与其说是因为掉到沟里了,不如说是因为怕回家后挨妈妈骂。

"母亲太严厉了,孩子就会像这样说谎的。"天仙自言自语着,可怜起善吉来。

立雄回到家里的时候,父亲已经把破烂儿装上手推车,准备去摆摊了。

"要好好听妈妈的话呀。来,这个给你,晚上去买烟花放吧。"

爸爸给了立雄一点零钱。立雄高兴地从抽屉里取出上次姐姐给他的那个红色的旧钱包,把十分钱硬币放了进去。这个钱包按扣不好使,立雄啪嗒啪嗒弄了半天,然后,又回到桌子的抽屉旁边,小心翼翼地把它收好。爸爸刚才给他的,是他的全部财产。

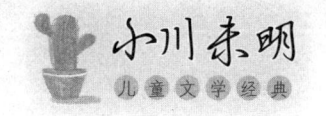

"姐姐从工厂回来了吗?"立雄问妈妈。

"嗯,刚才去洗澡了。"妈妈回答。

这时,爸爸嘎啦嘎啦拉着车走了,他要摆摊,一直守摊守到夜里十一点左右。

很想待在这儿看看立雄放烟花,听听妈妈和姐弟俩亲热和睦地说话,看着他们学习。不过,嗯,还是跟着立雄爸爸去看看夜市的景象吧……天仙想。

于是,天仙就离开立雄,和破烂儿一起上了立雄爸爸的车。

立雄爸爸把车停在了一个往日摆摊的热闹地方,那是一家叫"蜻蜓"的大咖啡馆的前面。像火蛇一样跳跃的霓虹灯一闪一闪的,不时传来波涛般的乐器声。

左右两边除了立雄父亲摆的古董旧货摊之外,还有算命先生、玩具店等各式各样的夜市,一家接一家。街道两旁都是些华丽高雅的店铺,里面摆满了昂贵的高级商品。与此相比,摊档的东西虽然净是些寒酸的破烂儿,但是里面说不定会有什么宝贝,所以很多人都会停下来看一会儿,才走过去。

"那个算命先生在说些什么?即使是算命先生,也看不到我的。到旁边去听听他在说些什么。"

天仙想到算命先生旁边去看看。算命先生面相慈祥,下巴上留着一把花白的胡须，是一位和蔼可亲的老爷爷。大多数人都会觉得让这样一位老爷爷算卦，肯定灵验。

现在，正在让老爷爷算命的人，看上去虽然年纪不大，但却已经历尽了这个世上的劳苦，颧骨突出、眼眶深陷、面色苍白、无精打采，而且，他一想到如果这种劳苦还将继续下去的话，真不知该如何是好了……看得出来，他已经走投无路了，所以才来卜算自己的命运。

老爷爷认真地晃了晃卜签，放下八卦，庄严肃穆地瞑目而思，如同在等待神明的启示，然后，语气严肃地说："你以前吃了不少苦，受了不少罪，可是丝毫没有得到报偿。如同刚破土出芽，就被一块又重又大的石头压在了头顶似的，劳苦得不到承认。无论你怎么埋头苦干，都得不到上面的人的赏识。不过，这些努力总算到了发芽的时候。你看，卦上就是这么显现的。今年年末，最迟到明年开春，你会得到意想不到的提拔，幸福会降临的。目前还需要再忍耐一下。"

沉默不语地听着老爷爷说完这些之后，男人苍白的脸上忽然涌现出生气勃勃的血色来，而且，如同变成了另外一个人似的，迈着精神抖擞的步子走了。

"你是怎么知道这些事情的？"天仙在老爷爷耳边轻声地问。

"唉，大家都不容易啊！如果不互相安抚，就活不下去

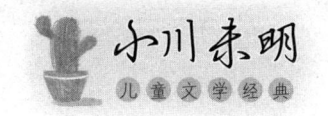

了。安抚不仅限于物质的，还可以通过语言来表达关怀。"算命老爷爷自言自语道。

　　说得太对了。天仙想到这里，又回到了立雄爸爸坐着的摊档上，正好不知从哪里来的一位老爷爷把放大镜架在眼眶上，仔细地察看一个个穿在绳子上的古钱。这些古钱过去曾经在世上流通过，其中有一些已经为数不多了，十分珍贵。本来是分文不值的东西，但是现在好奇的人却愿意出高价购买，这位老爷爷可能就是认为说不定会有什么宝物，所以才携带着放大镜细看的。

　　同样是老爷爷，这位老爷爷可是个贪心的人。天仙想。

　　尘世原来是这样的地方啊！孩子千姿百态，大人也千姿百态啊。天仙思索着。

　　那天晚上，天仙与立雄的爸爸一起回到了家里，在佛龛上睡着了。到了第二天早上，又跟着花子去了火柴厂。

　　花子的火柴厂位于山坡下的盆地，那里还有一家印染厂和一家炼铁厂。花子和很多女工一起给小火柴盒贴商标纸。那些火柴是咖啡馆里使用的，正面用金字写着英语，背面是一张红嘴唇的女人的脸，还标着街名。

　　"啊，这家咖啡馆是父亲每晚摆摊的地方。爸爸知道这家'蜻蜓'咖啡馆吗？"花子凝视着自己手里的火柴嘀咕着，顿时，心中涌起一种莫名的凄楚。每天晚上那么辛苦地干活干活，可是却没有去过这种地方，可怜的父亲的身影浮现在她的眼前。

"我还要父母给我买和服带子，真是对不住他们啊。"

花子很后悔自己两三天前央求父母的事。那时，父亲露出了哀伤的表情，说："其实我上次就那么想过，等你现在系的带子破了就给你买。过两天，找个合适的时候，爸爸一定给你买。你为家里干了不少活儿……"

父亲说着，眼泪汪汪地把脸转向了一边。虽然只是一时，但自己让父亲那么悲哀，花子感到很过意不去。

知道了花子善良的心肠，天仙明白立雄一家人都是好人。

这家人虽然现在很穷，但在不久的将来，一定会过上幸福欢乐的日子的。嘿，我就钻进这个火柴盒里，去镇上那家咖啡馆看看吧。天仙想。

天仙离开花子，钻进了一个火柴盒里。

这里是咖啡馆的内部。很多年轻姑娘像鲜花一样轻盈地跑来跑去。那边一对男女手拉着手在跳舞，这边一个人喝醉了酒在唱歌。

这位大概是哪里来的放荡浪子吧，几乎每天晚上都到这家咖啡馆来，直到喝醉了为止。今晚他也喝了个痛快，准备回去了。

"喂，火柴！"他说。

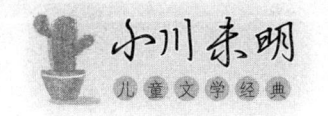

于是，四面的女招待都送来了火柴。

"请拿着我给您的吧。"

年轻的姑娘们百般献殷勤，年轻人终于被迫把两盒火柴都揣进了袖兜里，然后被姑娘们送出了店门。马路上一如既往，人来人往，熙熙攘攘。年轻人和着传来的爵士乐，踏着舞步离开了那里。

街头有一家银行，晚上已经关门了，但银行前面被路灯照得雪亮。一个从乡下来的花匠拉着花车来到这里停下了，准备在这里卖花。最近，许是不景气的缘故，花根本卖不出去，所以，男人很悲观，呆呆地坐在石阶上沉思。他想抽根烟，便去找火柴，可是运气不好，火柴盒空了。花匠懊丧地咂巴着嘴，把火柴盒扔掉，咽了口唾沫，忍住了。

车上是各种应时的花草。有些花，仍然像在广阔的花田里时一样生机勃勃，根本没有去考虑自己的命运。也有的因为水已经干枯，开始耷拉脑袋了。连这位花匠也没有想到，一只小蝴蝶不顾路途遥远，追随着花卉，一直从花田飞到这里来了。蝴蝶想，只要能和美丽的鲜花在一起，到哪里去都行。可是，平时天一黑就早早落到鲜花上休息的蝴蝶，今天不知为什么，天都黑了，鲜花还被装在车上移动。就在它百思不解的时候，已经来到了这座镇子里。在这里，蝴蝶惊奇地发现了从未见过的美丽的"鲜花"在怒放。它不顾一切地

飞过去想落到那些"花"上面。蝴蝶不知道这是自己小小灵魂的最后时刻，它小小的脑袋朝玻璃上撞去。虽然蝴蝶整夜都在苦苦地追求，但是没有香味、没有嘴唇的路灯却感受不到它的痛苦，因为路灯没有耳朵、眼睛和神经。

喝醉了酒、走出咖啡馆的年轻人一边抽着烟，一边唱着歌从路灯下面走过。花匠看见他后，弯腰恳求道："老爷，真对不起，让我点个火吧。"

"火柴吗？给你一盒吧。"年轻人从袖兜里掏出两盒火柴，把其中的一盒给了他。天仙正好就在那只火柴盒里，刚才的事情全都看到了。

接下来我要和花匠一起走了，又能看到什么样的情景呢？天仙想。

年轻人走了之后，借着路灯的灯光，花匠感慨地端详着咖啡馆的火柴，十分珍惜地揣到了怀里。

他还不知道拿着这种东西，会惹麻烦呢！天仙担心地想。

这天夜里，花匠把几乎没怎么卖掉的花草装上车，沿着郊外漆黑的路，回到了自己的村子里。夜很深了，花匠的老婆还在做手工副业，这能帮家里解决些生计。这时，花匠脸色阴沉地拉着车回来了。

"啊，累死了！"

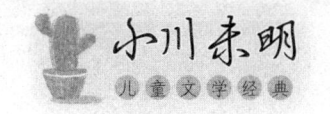

花匠伸开两腿,坐在了大门的门槛上。

"回来了!花都卖了吗?"老婆迎出来问道。花匠没精打采地摇了摇头。

"哪里都不景气呀,快进屋喝杯茶歇歇吧。"老婆关切地说。

花匠犹豫着把怀里的火柴放到哪里好。繁华大街上那家如同火蛇般耀眼的咖啡馆一浮现在眼前,耳边就会回响起与景气无关的音乐,似乎可以听到歌声,看到年轻的姑娘飘动着长袖来来往往的身影。他手里握着火柴,呆呆地站在了那里。

"你站在那儿发什么呆呢?"

老婆过来从他手里夺过火柴,这下可不得了了。

"我这么没命地干活,你可倒好,把卖花的钱全用在咖啡馆里了。"

说着,老婆大哭大闹起来。一气之下,把火柴从窗口扔到后面的小河里去了。

"怎么会发生这样的误会呢?"

天仙与火柴盒一起被冲走了。一会儿挂到那边,一会儿又撞到这边。黎明时分,当经过立雄家附近时,天仙一下子从火柴盒里跳了出来,又爬上了上次的那根树枝上。拂晓的天空下,天仙正等着把这个故事讲给风阿姨听。

打瞌睡的镇子

一

也不知道这个少年叫什么名字,我暂且给他起个名字,就叫"K"吧。

K曾经周游过世界。有一天,他来到了一座奇怪的镇子上。这个镇子还有一个名字,叫"打瞌睡的镇子",看上去,真是没精打采。镇子里鸦雀无声,静悄悄的。房子都很破旧,坏了的地方也没有人去修理,看不到一根烟囱里冒烟。

小镇狭长,如同横卧在平地上一样。可是为什么把这座镇子叫作"打瞌睡的镇子"呢?那是因为不知为什么,无论什么人经过这座小镇时,都会不由自主地感到身体疲惫,想睡觉。因此,每天不知有多少过路人经过这座镇子感到疲惫的时候,本来只不过打算在镇子边上的树荫下,或是在镇子

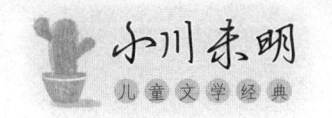

里的石头上歇一会儿，可却像被吸进一个深深的洞里一样发困，不知不觉地睡去。

待到好不容易醒来的时候，天不觉已经黑了，过路人这才慌里慌张地起身去赶路。这件事情很自然地就传开了，过路人都很害怕经过这座镇子。有的人甚至为了特意避开它，宁愿绕道远行，走别的路。

K很想见识见识这座让人生畏的"打瞌睡的镇子"，便打算亲自去这座让人害怕的镇上看个究竟。再困我也要忍住，他在心里下定了决心。在好奇心的作用下，K向那座"打瞌睡的镇子"奔去。

二

来到这座小镇一看，果然如人们传说的那样，的确是一座十分恐怖的镇子，听不到任何声音，大白天像夜里一样静悄悄的。不仅看不到一处冒烟，也看不到任何值得一看的东西，家家户户都把门关得紧紧的，整个镇子就像死一般的寂静。

K一边沿着已经开始倒塌的黄土围墙向前走，一边从破烂的门缝朝里面窥视。可是屋子里面一片寂静，也搞不清到底是有人住，还是没有人住。偶然会看见一只不知从哪里跑来的瘦狗在镇子里到处转悠，K想，这只狗准是过路人带来的，在镇子里与主人走散了，所以才会这样到处溜达吧！正当K这样在镇子里探险的时候，不知不觉开始觉得有点累了。

"哈哈，开始累了、犯困了。我可不能就这么睡着了呀！一定要忍住！"K自言自语地鼓励自己。

可是，简直就像被打过麻醉药了似的，身体渐渐麻木起来，困得他再也无法坚持下去了。K终于忍不住了，往墙角边一倒，鼾声大作地睡了起来。

三

正当他睡得正香的时候，好像有人在摇晃他，K吃惊地睁眼一看，不知什么时候，天已经完全黑了，四周洒满了冰冷的蓝色月光。

"几点了？这下可糟了！不是想好了无论再怎么犯困，都要忍住不睡的吗？"

K很后悔，可是已经无法挽回了。

他拾起自己掉在旁边的帽子，戴在了头上。

他环顾四周，发现一位老爷爷背着一只大口袋，就站在自己的身旁。

一看见这位老爷爷，K就想到，刚才把自己摇醒的那个

人也许就是这位老爷爷吧？于是，他面无惧色地向老爷爷走了过去。借着月光，他仔细地看着老爷爷的样子。他发现老爷爷穿着一身破衣烂衫，脚上也是一双破旧的烂鞋子，人已经很老了，留着长长的白胡须。

"你是谁？"K问道。

老爷爷听了，慢腾腾地向K走过来，对他说："是我，是我把你叫醒的。我有事要求你。是这么一回事，这座打瞌睡的镇子是我建的，我就是这座镇子的主人。不过，正如你看到的一样，我已经很老了。因此，有件事要求你，你能不能答应我一个要求？"

一听老爷爷这么请求，K便觉得自己作为一个男子汉，不能不答应。

"只要是我能办到的，我什么都可以为你做。"K向这位老爷爷发誓。

老爷爷听了少年的话后，非常高兴。

"我终于可以放心了，那我就跟你说了吧。我是一直住在这个世界上的人。可是，不知从哪里来了一批生人，把我的领土全都夺走了。而且，在我的土地上铺铁路、开轮船、架电线。这样下去，总有一天，这个地球上就会连一棵树、一朵鲜花也看不到了。我从很久以前就一直热爱着美丽的大山、森林和鲜花盛开的原野。如果现在的人一刻也不休息，也不觉疲惫的话，那用不了多久，整个地球就会成为沙漠的。我从疲劳的沙漠带回一袋疲劳的沙子，我背上背的就是那只袋子。只要从这袋子里抓一点点沙子，随便往什么东西上一撒，那些东西就会立即腐蚀、生锈，或者是疲惫不堪。我要把这只袋子里的沙子分给你一些，今后，无论你走在这个世界的什么地方，都给我撒一点这种沙子。"

就这样，老爷爷把事情托付给K了。

四

K接受了老爷爷这个奇特的请求之后，就背着口袋，开始在这个地球上到处行走。有一天，当他在阿尔卑斯山中行走的时候，发现了一处美不胜收的景色。但几百个土木工人和铁路工人开进来，把一棵棵参天古木锯倒，把雄伟的山岩用炸药摧毁，然后在上面铺起了铁路。于是，少年从袋子里掏出沙子，撒在了刚刚铺好的铁轨上面。霎时间，雪亮的铁轨立刻就生出了红锈……

还有一次，K走在一座繁华嘈杂、拥挤不堪的城市里时，从对面开来一辆汽车，差一点把一个小学徒工给撞了，可司机却头也不回就要开走。说时迟那时快，K抓起袋子里的沙子就朝车轮抛了过去，车子立刻就停了下来。于是，人

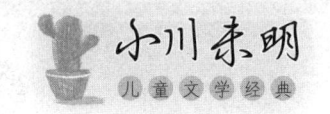

们毫不费力地就把那个蛮横无礼的司机给抓住了。

还有一次，K经过一个工地时，发现有很多工人累得汗流浃背。他看见了，觉得可怜，就抓了一小把沙子撒在了工头身上。于是，工头困劲儿立刻上来了，说了一句"喂，大家都来休息一下吧"，便抓起身旁的一顶帽子挡在头上，遮住阳光，呼呼大睡起来。

K又搭火车，又乘轮船，还去了钢铁厂，把那些沙子撒在了所有的地方，最后，沙子终于用光了。

"等这些沙子用完了，你再回到这座打瞌睡的镇子来吧。到时，我封你为这个国家的王子。"

想起了老爷爷说的话，K也正好想念老爷爷了，于是，就朝"打瞌睡的镇子"奔去。

许多天以后，他来到了"打瞌睡的镇子"。可是，不知道从什么时候起，过去见过的那些灰色房子已经无影无踪了。不仅如此，那里高楼大厦鳞次栉比，天上烟雾弥漫，从钢铁厂传来阵阵轰鸣，电线如同蜘蛛网一样密布，电车在镇子里纵横奔驰。

看到这种情形，由于过分惊讶，K连话都说不出来了，睁着一双吃惊的眼睛，努力地看着眼前的一切。

黑旗的故事

一

两个乞丐,一个老头和一个小孩,不知从什么地方来到了北方的某个海港小镇。

时已秋末,天渐渐地冷了,太阳向南方偏移,阳光已经没有那么强烈了。候鸟每天掠过桅杆如林的海港的天空,飞向它们怀念的温暖地方。

老头戴着一顶破帽子,留着雪白的络腮胡子,很像一位西洋画中的老牧羊人。小孩顶多刚刚十岁或十一岁,冻得哆哆嗦嗦的,牵着老爷爷的手,在街上走着。老头手里拿着一把胡琴,步履沉重地跟在小孩的后边。

镇上的人们望着这两个陌生的乞丐的背影,有的人说,不知他们是从哪里来的,今后刮风的时候,可要当心,要是

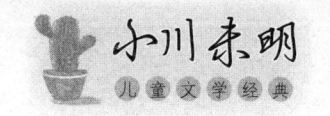

被他们放上一把火,那可不得了!得快点把他们赶走!小孩每天都牵着爷爷的手到镇子里来,挨门逐户地站在房檐下,可怜巴巴地乞怜于人。可是,镇上的人们虽然觉得他们俩很可怜,但是既没有人给他们东西,也没有人对他们说一句温暖的话。

有人骂他们:"真烦人,滚开!"

还有人从屋子里大声吼着:"没有!"

就这样,两个人终日在镇上一无所获地转来转去,到了傍晚,又累又饿,就又不知回到什么地方去了。老头一边走,一边拉胡琴,琴声被凛冽的北风卷着,渐渐消失在远方。尽管这座镇子里的人们残酷地对待他们俩,可是无论刮多大的风,无论天气多么寒冷,两个人仍然会到这座镇子里来。

望着老头和小孩,镇上有人说出了残酷无情的话:"那两个乞丐还在这一带赖着不走。赶快滚到别处去吧。狗咬了他们才好呢!"

老头和小孩果然被狗追赶着,吃尽了苦头。看着小孩哭着拉着老头的手跑,老头挥动着胡琴赶狗,镇子上的人却默不作声。

有一天,镇上的人把他们俩抓了起来,问:"你们是从哪里来的?"

小孩回答说:"我们来自遥远的南方,那里气候暖和,即使是冬天,山茶花也会开放。山上的田里有橘子树。太阳落山的时候,大海泛着紫色的光芒,比这座镇子还要美丽!"

镇上的人听了小孩的回答,更加生气了,大声骂道:"你敢说还有比这座镇子还美丽的城镇!那你们为什么不在那里待着?为什么跑到这座镇子里来?还是趁早滚蛋吧!"

二

小孩被镇上人们气势汹汹的态度吓得浑身发抖,他说:"因为我们听说,到了北方的镇子里,会有人同情可怜我们,所以才不顾路途遥远特地赶来的。"

听了这话,镇上的人纷纷嘲笑他们太会打如意算盘了,冷酷地对他们这样说:"喂,小毛孩子!就要到刮风的季节了,不许放火啊!别老在我们这儿转悠,还是趁早滚到别处去吧!不然,以后丢了东西,可要找你们算账的,懂了吗?"

无论怎样挨骂,小孩也不敢发火,只是拉着老头的手,仍旧在镇上挨家挨户地转来转去。当他们站在一家商店门口时,商店老板又骂道:"赖在这儿干什么?还不赶快滚蛋!要是没人看着,你们肯定要偷东西!"

小孩气得满脸通红,无精打采地离开了那家商店的

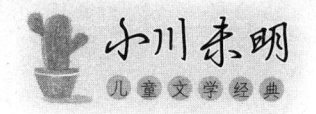

门前。

　　一天，两人被追赶着来到了港口的岸边。这里的海岸凸向大海，岩石耸立。海浪涌来，高高地溅起，然后又哗啦啦地粉碎着退了回去。

　　天空昏暗，铅一般的阴沉和混浊，如同往地平线上泼了一层墨水。狂风呼啸着，猛烈地吹过头顶。一种不知名的海鸟悲怆地鸣叫着，从半空中狂飞了过去。老头和小孩冻得浑身发抖，他们站在岩石上，滔天大浪一直打到他们的脚上，浸湿了小孩那冻得发红的脚指头。由于饥饿和疲劳，他们已经一步也走不动了，只是眺望海面，呆呆地站在那里，几乎要哭出来。不一会儿，雨夹着雪，淅淅沥沥地下了起来，天大黑了。两个人在黑暗中抱在一起，后来，就完全看不到他们的身影了。

　　事情发生在这天夜里。

　　那天突然刮起了这一带少有的暴风，波涛汹涌，非常吓人。等到这可怕的黑夜大亮了的时候，两个人的身影也从那个海角上消失了。镇上的人一连几天都看不到这两个乞丐的身影，所以，有人便以为他们到别的地方去了。可是，在一个风和日丽的日子里，一个渔民在海上撒网打鱼，捞上来一把胡琴。后来人们才知道，就是老乞丐手里拿着的那把胡琴。

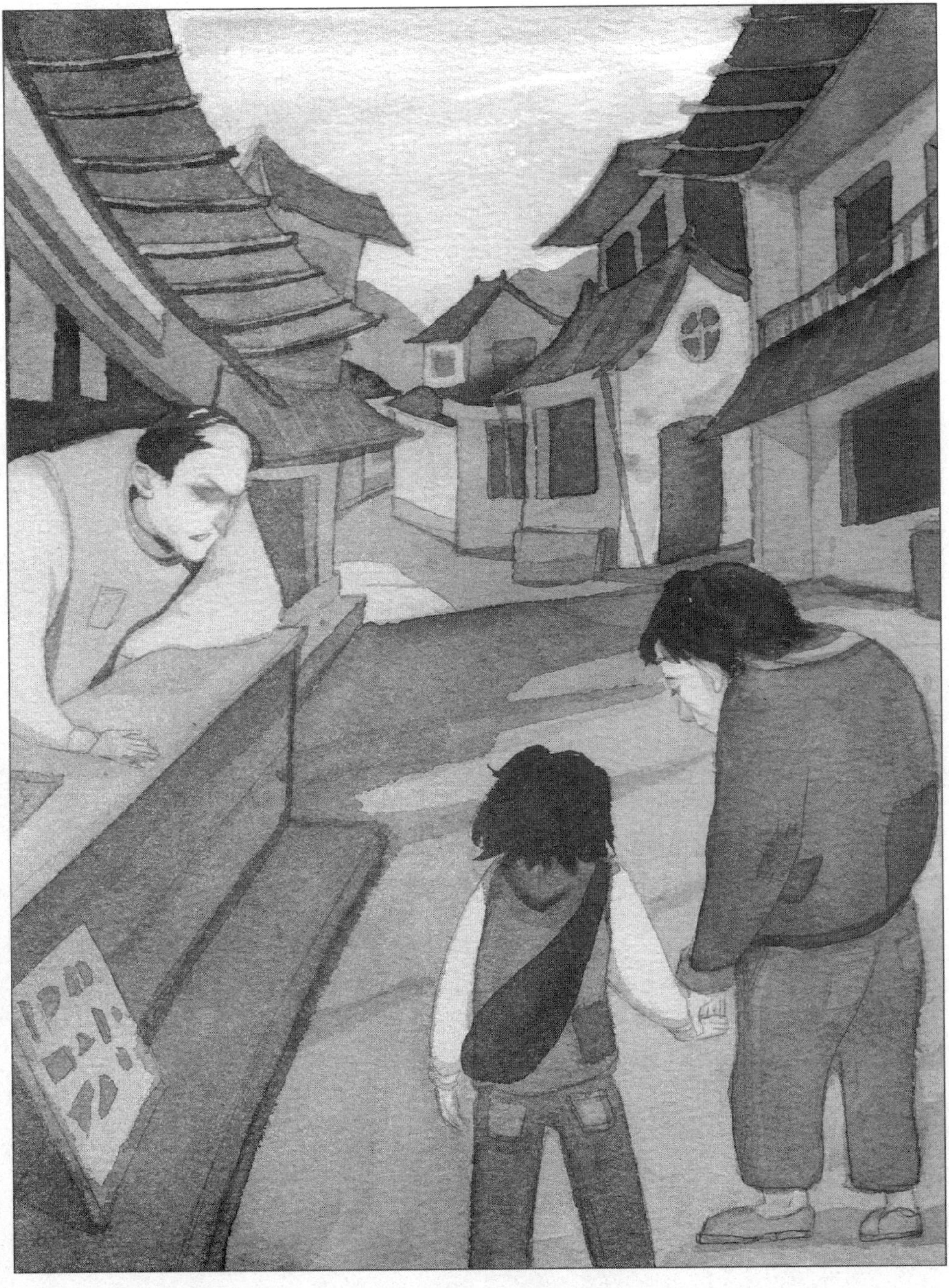

三

打那儿以后,这一带的海浪一天比一天凶猛,海面也一天比一天昏暗。每年一到冬天,这座港口出海的船就要停航。

朝海面上望去,既看不见一片帆影,也找不到一丝烟迹,只看见雪白的浪尖一会儿闪动,一会儿消失,仿佛有几百万只白兔在茫茫的大海上奔跑。

每天晚上,镇子上家家户户都关上门,一家人围坐在火盆旁烤火闲聊。每当这时,总能听得见海面上远远地传来十分凄惨、可怕、猛烈的海鸣声。

一天夜里,不知为什么,海鸣声比平常更加可怕,震天动地地回响着。人们不知要发生什么事了,一个个惊恐不安、战战兢兢地盼着天亮。天大亮了之后,人们纷纷跑到海边,朝大海张望,不禁个个吓得变了脸色。

"那条颜色难看的船是从哪儿来的呢?"一个人说着,指了指远处海面上的船。

"快看啊,那面奇怪的黑旗!那条船到底是从哪儿来的呢?"其余的人也都看着海面上的船议论着。

遥远的海面上比昨天还要昏暗可怕。一条通红通红的

船，如同从地平线上冒出来似的浮了出来，桅杆上翻卷飘扬着两面黑色的旗帜。

"昨天夜里听到可怕的海鸣时，我就想，可千万不要发生什么意外啊。"一位老人说。

"真不简单，波涛这么汹涌，还能航行到我们这座港口附近来。它到港口来有什么事吗？"一个人接着说。

"快看！船停了！谁知道那是哪个国家的船吗？有没有认识的人？"一个年轻人也问。

"大概是浪太大，迷失了航线吧？要么就是船发生了故障，所以才到我们这座港口来的！"又有人说。于是，人们在陆地向那只船发出了各种各样的信号，但是，船上没有任何反应。

"它好像和普通的船不同，大概是条鬼船吧？"有人说。于是，人们纷纷议论说，鬼船是看不得的，便陆陆续续地都回家去了。

令人奇怪的是，从那天起，镇子上出现了一个装束奇异的十来岁的小孩。只见他穿着破烂的衣裳，在大雪纷飞的日子里，光着脚，脚指冻得通红，手里提着一只篮子，在镇子里走来走去。镇子里的人都皱着眉头，望着这个可怜的小孩的背影。小孩走进了镇上一家最高级的和服店。

"请卖给我件和服吧！"小孩用颤抖的声音说。

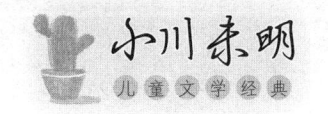

"你有钱吗?"正坐在店里的掌柜怀疑地问道。

小孩看了看篮子里,回答说:"我虽然没有钱,但是我这儿有珊瑚、珍珠和金块。我就用这些东西来换吧。不是我穿的和服,是我爷爷穿的和服。"

和服店的掌柜以怀疑的目光,看着耀眼的珍珠和像红螃蟹爪子似的珊瑚说:"你怎么会有这种东西呢?你不可能有这样的东西,肯定都是假货。你是从哪里捡来的?"

"不,这些东西既不是假货,也不是捡来的。这些都是真正的珊瑚和珍珠。请您不要怀疑我,快点儿把和服卖给我吧!我爷爷还在船上等着呢,就是停泊在海面上的那艘船。我爷爷坐在挂着那面黑旗的桅杆下等着呢!"小孩说。

"你的话都不可信!我不能卖给你和服。你赶快给我出去!"掌柜把小孩赶走了。

小孩无奈,只好离开了和服店,冒着大雪,有气无力地、漫无目标地朝别处走去。那里是一家饭馆,飘出喷喷香的鱼味儿和热气腾腾的酒香。小孩在那家店门前停住了脚步,然后打开门,一边朝里面张望,一边说:"能卖给我一些煮好的鱼和热乎的米饭吗?我虽然没有钱,但我这儿有美丽的珊瑚树和像星星一样璀璨的珍珠,还有沉甸甸的金块。我想给爷爷买些热乎的饭菜,随便什么都可以!"

这时,三四个正在店里喝酒的年轻人,瞪着眼睛看了看篮子里的东西，又看了看小孩的模样，忽然狂吼着冲了出来："你不就是以前到我们这座镇子里来要饭的那个小孩吗？真是个不要脸的东西！快坦白吧，这些东西是从哪里偷来的？快把东西都放到这儿！"

"不，不是偷的，也不是捡的，是海面上停着的那条船上的人给我的。"小孩子边哭边说。

可是，几个年轻人硬是夺走了篮子，把小孩赶出去了。小孩一边哭，一边迎着飞雪茫然地走去。天不知不觉在暴风雪中黑了下来。

就在这天夜里，这座镇子失火了，加上又被强劲的海风一吹，镇子里一座房子也没有剩下，全被烧光了。直到今天，人们还时常可以看到飘扬在北海地平线上的黑旗。

金 环

一

太郎因病躺了很长时间,现在终于可以起来到外面玩了。可是因为才刚刚三月末,所以一早一晚,外面还是很冷。

所以母亲对他说:"有太阳的时候,可以到外面去,但傍晚一定要早些回家。"

樱花和桃花还没有开,只有围墙边上的梅花开了。雪大部分都已经融化了,但大寺院的后院和田间的角落里还留有少许积雪。

太郎来到外面,可是马路上看不到一个小朋友。可能是因为天气好,所以大家都到远处去玩了。他想,如果他们就在不远的地方的话,自己也很想去玩玩,于是就竖起耳朵听起来,可是没有听到小朋友们在玩的动静。

太郎一个人孤伶伶地站在家门口，一边在小路上遛达，一边看着去年摘剩下的菜在田里吐出的嫩绿新芽。

这时，他听到一串金环相互撞击时发出的悦耳声音，听上去，就像在摇铃。

他朝那边望去，只见一个少年滚着环子从马路上跑了过来。那环子金光闪闪，放射出灿烂的光辉。太郎惊呆了，因为他还从来没有见到过这么美丽闪光的环子。少年转动着两只金环，金环相互撞击着，发出一阵阵悦耳的声响。太郎从未见过能够这样灵巧自如地转动环子的少年。他到底是谁呢？太郎望了望渐渐向马路远处跑去的少年的脸，但那是一位素不相识的少年。

当这个陌生的少年快跑到马路尽头的时候，他朝太郎这边微微笑了一笑，就像对老朋友那样，看上去令人感到十分亲切。

二

不一会儿，转动环子的少年的身影就消失在那条白茫茫的马路上了。可是，太郎仍然久久地站在那里，凝视着他消失的去向。

他是谁呢？太郎想着少年。是最近才搬到这个村子里来

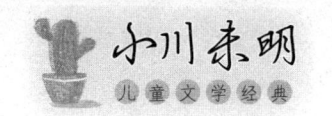

的吗？还是从远方的镇子上来这儿玩的呢？

第二天下午，太郎又到田里去了。在昨天同样的时间，又传来了环子的声响。太郎朝马路远处一看，只见少年滚着两只环子又跑了过来。两只环子金光闪闪。当少年快到那条马路尽头的时候，又朝他这边微笑了一下，笑容比昨天还要亲切，而且，好像还想说些什么似的，微微歪了歪头，然后就那么默默地走了。

太郎站在田里，孤伶伶地目送着少年的去向。不觉之间，少年的身影已经消失在白茫茫的马路远处了。可是，那个少年的白净小脸和笑容却久久地留在了太郎的眼里，无法抹去。

他究竟是谁呢？太郎百思不解。虽然是一个素不相识的少年，但却令人觉得就像是最亲密的好朋友。

明天一定要跟他说说话，跟他交个朋友。太郎在心里想着。很快，西边天空就泛红了，傍晚到了，太郎只好回家。

这天晚上，太郎对母亲讲起他这两天在同一时间看到一位少年滚着金环奔跑的事。母亲不相信竟会有这样的事。

太郎梦见自己和少年成了朋友，少年给了他一只金环，两人在无边无际的马路上不停地奔跑。

从第二天起，太郎又发起烧来。又过了两三天，太郎死了，享年七岁。

老爷爷的家

一

放学回家,正雄和坊开心地玩了起来。坊是一只聪明的狗,正雄说什么,它都能听明白,只是不会说话而已。正雄的姐姐和妈妈也都很疼爱坊。

只有一件事叫人感到为难,就是到了傍晚,坊会不停地吼叫。但这是狗的职责呀,半夜里听到什么脚步声就会吼叫,也没什么值得大惊小怪的。但是,由于它老是叫个不停,所以不免会吵扰四邻。

"坊,你为什么要那么没完没了地叫呢?今天晚上可不能再叫了啊,邻居们都说睡不着觉了。"每当正雄妈妈教训坊时,坊总是摇着尾巴,一动不动地用机灵的眼神抬头看着她。可是到了晚上,一听到门前有人走过的脚步声,或是远

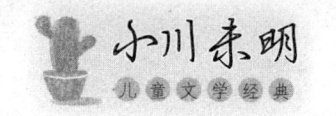

处发出的声响，坊还是会吼叫。

一天，正雄在被窝里醒来，听见坊又在吼叫。又要吵到邻居了吧？他很担心，不知该怎么办才好，就起来走出门，叫了叫坊。坊马上就高兴地跑了过来。想不到在这夜深人静的寂寞时刻会有人叫自己，坊高兴地向正雄扑来，在他的脸蛋上和手上舔来舔去。

"坊，你要是再叫，就会又像上次那样吃苦头了。别再叫了啊！天亮了，我会带你一起去散步的，乖乖的啊！"正雄抚摸着坊的头，忠告它说。说完，正雄就又上床睡觉了。

那之后，坊可能又吼叫了。但是，由于正雄睡得很香，所以什么也不知道。

早上起来之后，正雄走出家门去叫坊。坊很快就跑到他身边来了，不过，不知为什么，它没有平时那么精神。

坊看上去好像生病了似的，看到正雄后，虽然也像平常那样摇了摇尾巴，但是马上就浑身无力地趴在了地上，痛苦地喘息着。正雄又试着朝它吹了吹口哨，可坊已经没有力气再跟过来了。

正雄吓坏了，跑进屋里，对妈妈和姐姐说："坊病了！"

大家赶紧跑到外面一看，发现坊的肚子两边在不停地扇动，呼吸非常困难。而且，怎么叫它，它都不会再跳起来摆动尾巴了。

"一定是因为你没完没了地吼叫，有人给你吃了什么不好的东西。"妈妈抚摸着坊的头体贴地说。

姐姐看着坊痛苦的样子觉得可怜，就说赶紧叫车带坊去兽医那里。妈妈说这个主意好，于是正雄就跑去叫车。不一会儿，车就来了，坊上了车，姐姐和正雄也跟了去。

到了兽医那儿一看，才知道还有很多生病的狗和猫也都在住院呢。其他生病的动物从笼子里歪着头望着新来的患者。兽医立即给坊做了检查。

检查结果，正如妈妈说的那样，是因为有人给它吃了掺了毒的食物。医生又给坊做了详细的检查之后，指了指坊后爪上的伤疤问："这是什么时候的伤？"

"这也是两三个月前被人虐待时受的伤。因为它晚上吼个不停，所以邻居们都很恨它。"姐姐回答说。

坊后爪子上面有一道很深的伤疤。

"坊能救活吗？"正雄担心地问兽医。

"我会尽最大努力的，不过还很难说。"兽医神情不安地回答。

坊很快就衰竭下去了。开始正雄和姐姐还不断地喊它的名字，可是最后，好像那喊声坊一点都听不到了。就这样，灌药、抢救都不见效，坊终于再也没有睁开眼睛，就那么死去了。

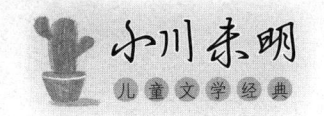

正雄很难过，姐姐也难过得眼睛湿润了。他们又用车把坊拉回了家。听说坊死了，妈妈也很难过。

二

大家商量了之后，把坊郑重地葬在了寺院的墓地里，还请和尚为它念了经。坊不在了，正雄一时感到很寂寞。一想到以后无论早上起来，还是放学回家，坊都不会再扑过来迎接自己，也不会再和自己一起去散步，正雄就觉得再也没有以前的那种欢乐了。

这样，几天很快就过去了。正雄已经不怎么想坊的事了。

有一天，一只狗摆着尾巴从门口进来了。正雄无意中发现了它，便连声惊叫起来："啊，坊回来了！坊回来了！"

大家都吃惊地朝那边看去，果然是坊回来了。

"坊怎么会回来了呢？"妈妈觉得奇怪。

"坊已经死了，怎么还会活着回来呢？"姐姐也吃惊地说。

正雄急忙跑到门口那儿去看坊。坊兴高采烈地凑到正雄的脚边来了。正雄一个劲儿地抚摸坊的头和后背。

"不过，死了的狗是不可能再活着回来的呀，对吧，妈妈?"姐姐说。

"我也是这么想的。死了之后不是还埋在寺院里了吗?它怎么会又活着回来了呢?"妈妈也觉得奇怪。

可是,无论是模样,还是毛色,什么地方都跟坊一模一样。正雄觉得肯定就是坊回来了,就固执地说:"不是跟坊一模一样吗?肯定是坊。"

"坊的后爪上应该有一道伤疤,看一下那里就知道了。"姐姐说。

正雄抱起坊,朝狗的后爪一看,猛地大声叫了起来:"在这儿,后爪上有这样一道伤疤。"

妈妈和姐姐,还有全家人都跑了过来。看到伤疤,大家都惊呆了,觉得奇怪:"哎呀,坊怎么会死而复生了呢……"

不管怎么说,坊回来了。一家人又是喂肉,又是喂饭,又是喂点心,喂坊喜欢吃的东西,家里突然变得热闹起来。正雄别提有多高兴了,从明天起,早上起来又可以和坊一起去散步,放学回家,也可以一起散步了。

这天的傍晚。一位留着白胡须的老爷爷从门口进来了,说:"喂,我们家的狗有没有来过?"

"来,快过来,过来呀!"老爷爷看到了坊,就去叫它。听到叫声,刚才还兴高采烈地围在正雄脚边的狗,突然站了起来,向老爷爷那边跑了过去。

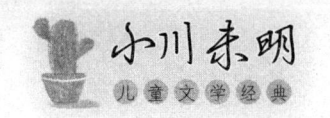

正雄惊讶地对老爷爷说:"喂,这只狗是我们家的。不能把它带走!"

"哈哈哈哈,这只狗是我们家的,是小家伙你认错了。你看,它不是跟我走了吗?"老爷爷笑着回答说。

"不对,那肯定是我们家的狗,不许带走!"正雄固执地说。

"哈哈哈,好难对付的小家伙呀!"老爷爷又笑了。

这时,妈妈出来了,责备正雄说:"我们家的坊前不久不是已经死了吗?这只狗是老爷爷家的,你不要太任性了!"

正雄也觉得有道理。

"我住在某某镇,某某号,姓某某。小家伙,这个星期天你可以到我家来玩。"老爷爷临走前说。

当老爷爷拄着拐杖走出门去后,坊立刻跟在老爷爷后面走了。大家仍觉得奇怪,目送着他们的背影。

三

正雄跟姐姐商量好一起去老爷爷家看看。

星期天很快就到了,那天从早上起来就是个好天气,正雄跟姐姐向老爷爷家走去。老爷爷家在镇子边上,那一带的田和院子都很大,有一种到了乡下的感觉。

老爷爷家很难找。两人东问西问,循着门牌号,好不容易才找到了老爷爷的家。

老爷爷家是一座罕见的稻草房子,阳光照在屋顶上暖洋洋的。鸡在田里转来转去找食吃,鸽子成群地落到地面上玩耍,一派悠闲恬静的田园风光。

"啊,真是个好地方啊!"姐姐感叹地说。

"不知坊在不在?"正雄吹了一下口哨,可是不见坊出来。大概是到什么地方玩去了吧?两人边想着边走进了老爷爷家的大门。

一位老奶奶正坐在朝阳的套廊上,埋头呼哧呼哧地转动着纺车纺线。一听到那种纺车声,姐弟俩就觉得仿佛来到了一座遥远的乡村。老奶奶的耳朵好像有点背,根本不知道他们俩进来了。

"这里会是老爷爷的家吗?"正雄对姐姐说。

"问问老奶奶吧。"姐姐说完,走到了老奶奶的身边。老奶奶好像这才发现有人来了似的。姐姐说出了老爷爷的姓名后,就问老奶奶:"这里是老爷爷的家吗?"

老奶奶停住了转动纺车的手,仔细端详着姐姐和正雄的脸,回答说:"你们是从哪里来的呀?我怎么从来没有见过你们呀!"

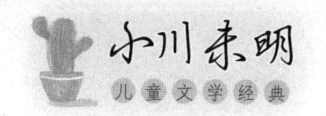

于是,他们俩就把前几天老爷爷把狗带回去的事,耐心地跟老奶奶一五一十地详细讲述了一遍。老奶奶听了,仍然显得不能理解,说:"那大概是别人家,因为这不太可能。"

"这个门牌号有没有这样一位老爷爷住过呢?"正雄问。

老奶奶又回答说:"那个老爷爷的家就是这里,他是我的老伴,但是一个月前就已经去世了呀。"

姐弟俩不禁吃惊地相互望了望,然后十分不解地说:"怎么会呢?"

仔细一问老奶奶,才知道,原来坊死的时间和老爷爷去世的时间相同。还有,前几天来正雄家的老爷爷和老奶奶所说的死去的老爷爷一模一样。

这时,老奶奶一边点点头,一边对姐弟俩说:"我明白了。老爷爷平常非常喜欢狗啦,猫啦,鸟儿啦什么的,所以,准是现在正带着那只狗,在通往极乐世界的路上走着呢。小少爷以前很疼爱那狗,一定是狗从黄泉来找你了。老爷爷呢,又跑来把它给接走了。"

正雄和姐姐也都觉得或许这是真的。过了一会儿,他们俩告别了老奶奶。在回家的路上,姐弟俩一路上都在谈论着坊的事情。他们说:坊与其活在这个世上,遭受没有人情味的人们的虐待,还不如去黄泉,得到和蔼可亲的老爷爷的疼爱,也许那样更幸福!

喝醉了酒的星星

佐吉躺下后,星光从天窗的破缝里一闪一闪地射了进来。星星就像蓝玻璃一样,在冷峭的寒空中闪烁。

仰卧在那里凝视这颗星星时,就像是在看着一位长得很富态的老爷爷的脸。老爷爷头上戴着一顶三角帽,露出一张和蔼可亲的圆脸,微笑着朝这边张望。佐吉总觉得这位老爷爷有点面熟,好像在哪儿见过。

"在什么地方见过这位老爷爷呢?"佐吉一边思考着,一边仰望着星星,眼前映现出一幕幕的幻影。

那是去年春天的事情了。佐吉独自一人在街上走着,平时总是冷冷清清的镇子,到了年末,人们都在匆匆忙忙地赶路。另外,商店也想多销售一些商品,所以都把店铺装饰得漂漂亮亮的,到处都洋溢着一派繁荣兴旺的景象。

佐吉一边走,一边望着这些情景,不一会儿,走到了一座教堂前面。那天正好是过节,教堂里面很热闹。据说,平

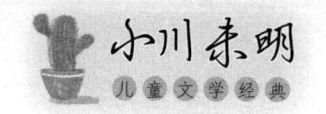

时只有这里谁都可以进去，于是，佐吉就小心翼翼地走近门口，向里面张望，里面聚集了很多小孩和大人。人们随着悦耳的音乐，在欢快地唱歌。教堂中央还立着一棵高大的常青树，上面系着金纸和银纸，还挂着很多红色的、紫色的玩具啦，稀奇的水果啦什么的。

另外，旁边还站着一个提着大口袋的木偶老爷爷。那位老爷爷好像是从下雪的地方赶来的，脚上穿着草鞋，背上还落满了棉花白雪。据说，老爷爷是为了让这座镇子里的孩子们高兴，带着宝物，从灰色的一望无际的原野上赶来的。佐吉当时就觉得那位慈祥的老爷爷的脸看上去很亲切，星星里的老爷爷的脸，说不出什么地方很像那位老爷爷。

另外，还有一次，也是春天，佐吉一个人在门口玩。佐吉家里很穷，他不可能像别的孩子那样，让家里给他买自己想要的笛子、喇叭和火车什么的玩具。

就在他呆呆地在路上站着的时候，从远处传来了一阵小鸟悠扬的叫声。田里的花正在盛开，小鸟大概是从山里飞到这里来寻找鲜花的吧？正当他转过头，朝小鸟悠扬的叫声望去时，发现有一位老爷爷肩上挑着担子，担子两边挂着很多鸟笼，正朝这边走来。佐吉跑过去一看，鸟笼里都是些叫不上名儿来的小鸟，原来是它们在悠扬地鸣叫呢。

佐吉想，自己宁肯不要那些笛子、喇叭和火车之类的玩

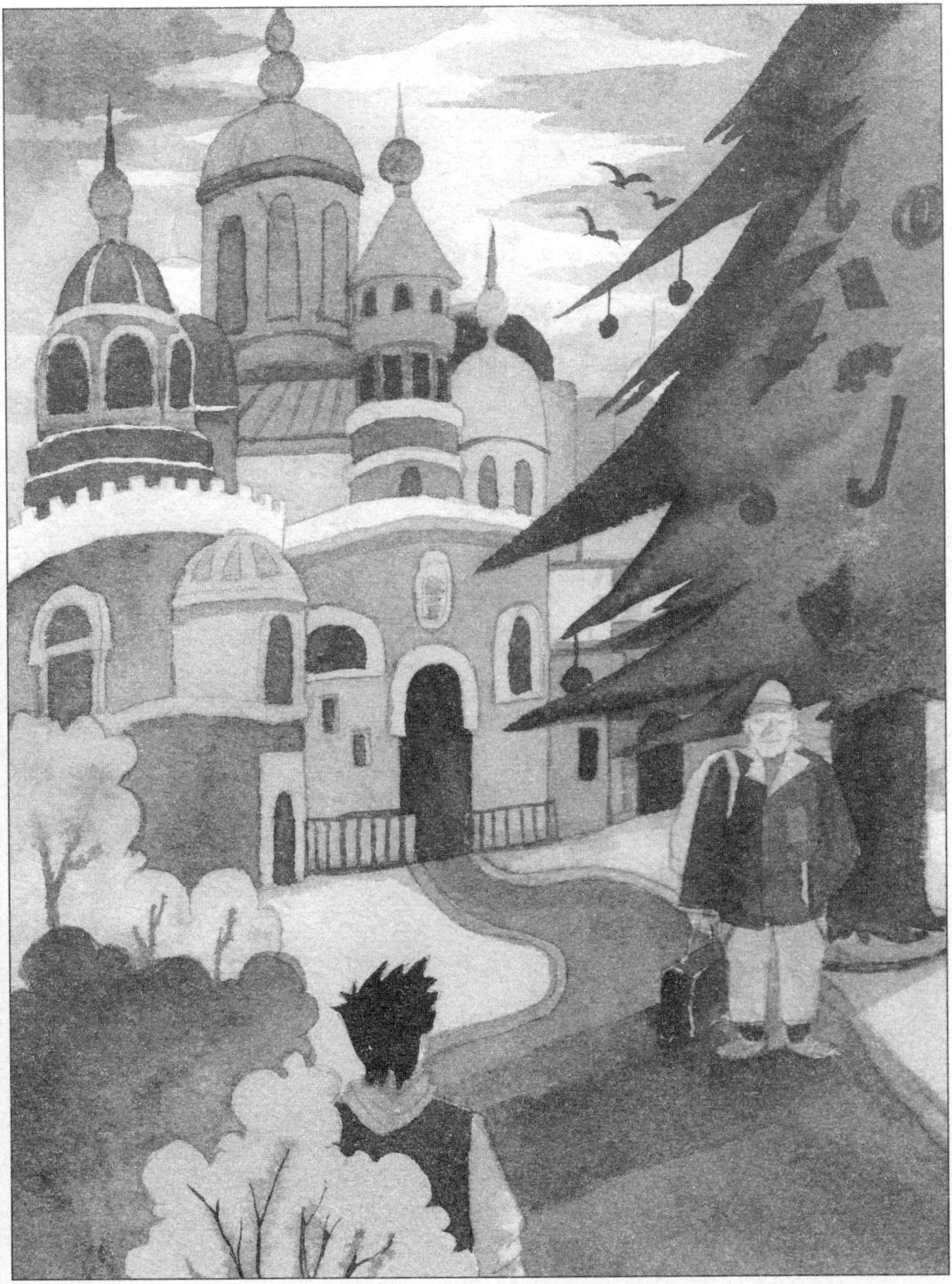

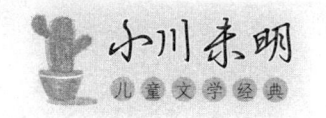

具，也想要一只这样的小鸟，于是，就跟在了老爷爷的后面。因为他一直跟在后面，所以老爷爷便站住脚，回过头来。

"小家伙，你那么想要小鸟吗？"老爷爷笑着问他。

佐吉目光炯炯，默默地点了点头。于是，老爷爷放下肩上的笼子，又从腰里取出装烟具的口袋，抽出烟袋锅，一口接一口地抽起烟来。

"小家伙，你真的那么想要的话，爷爷就送你一只吧。"老爷爷说。

佐吉小小的心脏简直要跳出来了，兴奋得耳垂直发烧，他想：这不是在做梦吧？因为老爷爷说"你想要哪一只就给你哪一只"，于是他就回答说，他想要那只脖子周围红红的、可爱的红腹灰雀。

那位老爷爷真是一位好爷爷，真的就把那只鸟从笼子里拿出来，送给了佐吉。佐吉心里高兴得就像要飞上天了似的，拿着小鸟回家了。回到家，佐吉就把它放进笼子里，精心地饲养起来。红腹灰雀很快就习惯了那只笼子，每天被挂在门口的柱子上，在那里悠扬地叫着。佐吉像掌上明珠一样呵护着红腹灰雀。

佐吉的母亲是一位善良的母亲，可是却突然病倒了。佐吉不分昼夜细心地照料母亲。然而，母亲的病总是不见好，岂止如此，反而越来越重了，佐吉不知有多担心。尽管佐吉精心地照料，可是母亲最终还是死去了。佐吉非常伤心。而且，这期间，因为他忘记了给红腹灰雀喂食，红腹灰雀也不知在什么时候死掉了。

与母亲、红腹灰雀诀别之后，佐吉度过了凄凉的日子。父亲是个老实人，可因为家里太穷了，不能让佐吉继续读书，也不能给佐吉买他想要的东西。父亲早晨去干活，晚上很晚才回来。以前，天黑以后，爸爸要买什么东西的时候，总是母亲去，可是母亲死后，就得佐吉去买了。

"喂，佐吉，给我买酒去！"父亲这么一说，佐吉就得跑到镇子上去买酒。到了深夜，钻进被窝里之后，往日的那束星光又从天窗里射了进来。望着那星光，佐吉就会觉得星星变成了一位慈祥的老爷爷的脸，映入他的眼帘。那张脸，很像送给佐吉红腹灰雀的那位老爷爷。

佐吉每晚都望着那颗星星坠入幻想之中，所以，常常会渐渐忘记手脚的冰冷，不知不觉进入愉快的梦乡。

冬天里一个北风呼啸的夜晚。

"佐吉，买酒去！"父亲叫道。佐吉拿着空酒瓶出了门。地上的雪已经冻住了。天空冷峭得发青，星光如同跳跃般地闪烁着。佐吉走在雪地上，冻得直哆嗦，到了镇子上买上酒，又顺着原路往回赶。

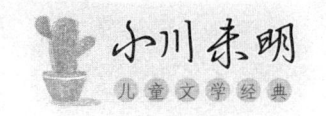

辽阔的原野上静悄悄的，路上一个行人也没有。黝黑的常青树林在远处默默地浮现出来。风从天空吹过，冻得他两边的耳朵像裂开来了一样。

就在这时，前面冷不防有一个人挡住了去路。佐吉吓了一跳，抬起头一看，一位老爷爷正笑眯眯地站在那里。佐吉觉得这位老爷爷好像在哪儿见过似的，就又抬起头，盯住老爷爷的脸看。

"啊，好冷呀！好冷呀！给我口酒喝吧！"老爷爷说。

佐吉藏起酒瓶，回答说："这是给我父亲的，不能给老爷爷喝。我父亲在家里等着呢。"

"偶尔也让你父亲忍一忍吧！今晚太冷啦！我实在是受不了啦！我每天晚上都守候着你安祥地入睡，今天晚上实在受不了了，就跑了下来。"老爷爷又说。

听老爷爷这么一说，佐吉想：噢，原来是每天晚上躺着看到的天上的那颗星星啊！而且，他还注意到老爷爷头上戴着一顶三角帽。

佐吉不知如何是好，愣在了那里。老爷爷一把夺过他手里的酒瓶，把酒瓶对准自己的嘴，咕嘟咕嘟，美美地把酒喝了个精光。

"啊，这下好了！无论刮多大的风都不会冷啦！"矮个子的老爷爷自言自语着，摇摇晃晃地向冰封的雪地走去。

佐吉一路上担心要挨父亲的骂，不安地回到了家里。当他跟父亲说酒被一位老爷爷喝了之后，父亲果然骂佐吉是个傻瓜。

"你准是被狐狸给骗了，要不就是摔了一跤，把酒都给洒了。"父亲不肯相信佐吉的话。

又过了一会儿，佐吉钻进了被窝。当他和往常一样，从天窗的破缝里仰望天空时，惊奇地发现头戴三角帽的老爷爷正东倒西歪、跌跌撞撞地向天空上爬去。

天空仿佛下了一层霜，银光闪闪。黑蓝色玻璃一样冷峭的天空，好像被星光彻底地洗过了一遍似的，连地面黑色的树影都映了出来。

老爷爷像一寸法师[①]似的，抓着一根肉眼看不到的绳子，慢慢地向高高的天空爬去。因为喝醉了，所以他东倒西歪地爬着。忽然，头一歪，只见他头上那顶三角帽掉了下来。帽子一闪一闪地像颗小火星，飘飘悠悠地落了下来。佐吉吓了一跳，本想马上从床上起来，可又一想，算了，还是明天再说吧，就睡着了。

天亮了之后，佐吉和父亲一起来到昨晚见到老爷爷的那

[①] 一寸法师：日本室町时代的御伽草子《一寸法师》中的主人公。说的是一对老夫妇许愿祈祷，得一子，能降妖捉鬼，后靠幸运小槌个子长高，光耀了门庭。——译者注。

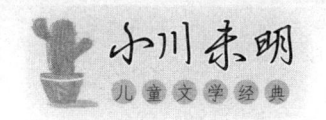

片原野上一看，发现正好在老爷爷的帽子掉下来的那一带，有一颗银光闪闪的三角形小石头，掉在了洁白的雪地上。

"这可是块稀罕的石头啊！"父亲说。父子俩拾起了那块石头，回家去了。据说，没过多久，就有人出高价买下了这块石头。贫穷的父子，也因此一下子就过上了幸福的生活。

到达港口的黑人

一个看上去顶多刚满十岁的男孩在吹笛子。那笛子发出的声音，时而像秋风吹动枯叶一样的哀伤，时而又像春天明媚的日子里，在美丽的绿色树林里鸣叫的小鸟的声音一样可爱。

人们听到这笛声，都会想，是谁吹得这么好呢？又为什么吹得这么哀伤呢？于是都纷纷围到他的身边。原来那是一个十岁上下的男孩，那孩子看上去身体虚弱，而且还双目失明。

看到这些，人们又是大吃一惊。所有人都在心里想：多可怜的孩子啊！

不过，那个男孩并非一个人，还有一个十六七岁、看起来像是孩子姐姐的美丽姑娘，正伴随着男孩吹奏的笛声，唱歌跳舞。

姑娘穿着天蓝色的衣服，头发长长的，眼睛像星星一样

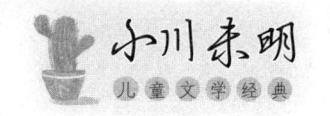

明亮清澈。她那光着脚在沙地上的轻盈舞姿，好像花瓣随风起舞，又好像蝴蝶在原野上飞翔。姑娘羞怯地低声唱着。那是一首什么歌呢？因为她唱得实在是太轻了，所以听不清楚。但她的歌，会令人产生一种心飞过遥远天空的感觉，或是彷徨在刮着凄风阵阵的密林深处那种无依无靠的感觉。

人们不知道这对姐弟每天从什么地方来到这里唱歌、吹笛挣钱。他们从来没有看到过这么可怜、这么美丽、这么善良的乞丐。

他们俩没有亲人，也没有可以依靠的人。两人被父母留在了这个广阔的世界上，他们不得不这样含辛茹苦。对于身体瘦弱、失明的弟弟来说，姐姐是他唯一的依靠。善良的姐姐从心里可怜自己不幸的弟弟，为了弟弟，她可以不惜牺牲自己的生命。这是一对世上少有的好姐弟。

因为弟弟生来就很会吹笛，姐姐生来就有一副好嗓子，所以两人最后就来到这座港口附近的空地上，不知从什么时候起，开始吹笛、唱歌给聚集在那里的人们听。

早上太阳一出来，只要是好天气，两人天天都会来这里。姐姐牵着弟弟的手，从早到晚地在这里吹笛、唱歌，直到天黑的时候才回到人们所不知道的地方去。

当阳光灿烂，温煦的和风从草地上吹过的时候，笛声与歌声糅合在一起，向南方明亮的大海飘去。

姐姐每天这样不停地跳呀唱呀的，但只要听到弟弟的笛声，她从不感到丝毫疲倦。

姐姐本来是一个内向的姑娘，身边的人越围越多，目光集中到自己的身上时，就会害羞，歌声自然而然的就会变小。可这时，只要听到弟弟的笛声，她的心情就会为之一变，仿佛一个人在辽阔无边、百花盛开的原野上自由地奔跑，于是胆子就大了起来，像蝴蝶一样轻盈、快乐地舞蹈起来。

事情发生在某个夏日。这天，太阳早早地升了起来，蜜蜂在寻找花朵，耸立在远处空地上的树木，静静的，像站着的巨人一样，浮现在朦胧的天空下。

港口那边，进进出出的船只发出了沉闷的笛声。明亮得像糖稀一样的天空上，飘着淡淡的黑色烟迹，那是因为有船要分开蓝色的海浪去远航了。

这天，姐弟俩也和往常一样，被黑压压的人群围着。

一个男人说："我从来没有听过这么美妙的笛声！"

"我走南闯北，还从来没有听过这么动听的笛声。一听到这笛声，忘却的往事，又一件件涌上心头，浮现在眼前。"另一个男人说。

"要是眼睛能看到，该是一个多么可爱的男孩啊！"一个女人说。

"我从来没有见过这么美貌的姑娘！"一个上了年纪、背

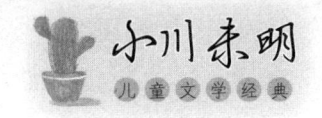

着行李的女旅行者模样的人说。

"以她的美貌，根本不用做这种事！那么美丽的姑娘，有的是人要！"一个矮小的男人踮着脚尖，边看边议论说。

"他们背后一定有人在靠他们赚钱！"

"不会，那个姑娘可不是那种卑劣的孩子。她一定是在为她弟弟受苦呢！"一个沉默地看着姑娘跳舞的女人说。

人们发表着各自的看法。有的人把钱投到他们的脚下，也有人议论来议论去，最后却像溜掉了似的，没给钱就走开了。

这一天也要平安地过去了。海上的天空浮现出素雅的银色，夕阳西斜，泛着红彤彤的余晖。人们渐渐地离开了空地。穿着天蓝色衣裳的姐姐体贴地领着弟弟，也准备离开这里了。

这时候，一个陌生的男人走到姐姐面前，对姐姐说："我是这座镇上的大财主派来的。我们老爷有话要跟你说，请你去一下。"

以前也曾经有过几个人对姐姐说过这样的话。姐姐心想，又来了！可是，今天请自己的是一位有名的财主，看来不好冷淡地拒绝，于是，姐姐显出为难的样子。

"他说见我有什么事吗？"姐姐问那个被派来的男人。

"这我不清楚。你去了就知道了。这对你来说，肯定不

是一件坏事。"

"我不能丢下弟弟不管。带弟弟去，可以吗？"

"我没听说你弟弟的事情。老爷好像想跟你一个人见面谈谈，但决不会占用你很多时间。我用马车带你去那里，况且，离天黑还有一段时间呢……"男人说。

姐姐默默地沉思了片刻，不知她想到了什么，只听她问那男人："我能在一个小时以内回到这里来吗？"

"估计用不了那么长时间。请给我这个使者一点面子吧，坐上那辆马车，尽快到大财主的府上去吧！大财主老爷正等着你呢！"

弟弟坐在远处的草地上，手里拿着笛子，乖乖地等着姐姐过来。

姐姐露出沉思的神情，一边光着脚，衣角被黄昏的风吹着，一边走到了弟弟旁边。她用温柔的口吻，对什么也看不见却微笑着迎接自己的弟弟说："姐姐有事要到别处去一下，你哪里也不要去，就在这里等着我，姐姐马上就会回来。"

弟弟用失明的眼睛看着姐姐的方向，说："姐姐，你不会回来了吧？不知为什么，我有这种感觉。"

"为什么要说这么悲伤的话呢？姐姐不到一个小时就会回来的。"姐姐含着眼泪回答说。

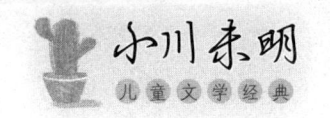

弟弟好像这才明白了姐姐说的话，默默地点了点头。

姐姐在那个使者的带领下，乘坐着威风凛凛的马车走了。马蹄声在沙地上回响着，马车在黄昏的天空下驶向了远方。

弟弟一直坐在草地上，侧耳倾听着马蹄声渐渐远去，直到听不见为止。

一个小时过去了，两个小时过去了，姐姐最终没有回来。不知不觉，天已经彻底黑了下来，沙地开始发潮，夜空像被蓝色洗过了似的，星光闪闪烁烁。虽然港口那边的天空上，会闪过一抹令人怀念的淡淡亮光，可是失明的弟弟却看不见。

只有从海上吹来的在黑暗中流动的暖风，会触摸等着姐姐的弟弟的脸。弟弟终于忍不住了，哭了起来："姐姐，你到哪里去了？你要是不回来，我可怎么办呢？"他怕了，泪流满面。

想起平时姐姐总是随着自己的笛声跳舞，弟弟想，如果姐姐听到自己吹的笛声，一定会想起自己，回到自己的身边。

于是，弟弟拼命地吹起笛子。他从来没有像现在这样用心地吹过笛子。姐姐一定会在什么地方听见我的笛声吧？如果听见了，一定会回到我的身边的！于是，弟弟便拼命地吹起笛子。

恰好这时，有一只天鹅从这里飞过，它在北方的大海失去了自己的孩子，正在伤心地飞回南方的途中。

天鹅默默地飞过大山，飞过森林，飞过河流，飞过蓝色的大海，朝着南方飞去。天鹅累了，就落在河边想让翅膀休息一下，然后继续赶路。失去了心爱的孩子，天鹅已经没有心情唱歌了，它只是默默地在星光照耀下的黑夜里飞翔。

天鹅突然听到了悲伤的笛声。那不是普通人所能吹出来的笛声。天鹅知道，只有心里有苦恼的人才能吹出这种笛声。因为失去了孩子，天鹅深深尝到了悲伤的滋味，所以它能领会这种笛声。

天鹅想知道，那如同肉眼看不见的细线一样、断断续续的悲伤笛声是从哪里传来的，于是放慢了翅膀摆动的速度，在夜空中盘旋。很快，它就知道笛声是从下边的空地上发出来的。天鹅小心翼翼地落在空地上，看到一位少年正坐在草地上吹笛子。

天鹅向少年走了过去。

"你为什么一个人在这儿吹笛子？"它问。

失明的少年听到有一个温柔的声音在问自己，就把姐姐让自己留在这里，不知去什么地方了的事，一五一十地告诉了天鹅。

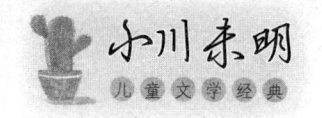

"太可怜了！让我替你姐姐来照顾你吧。我是一只失去了孩子的天鹅，现在要回到遥远的地方去。我们俩去南方吧，在那风平浪静的海边吹笛子、跳舞吧！现在，我把你变成像我一样的白鸟。让我们飞过大海、飞过大山……"天鹅说。

失明少年真的变成了一只白色的鸟。夜里，两只天鹅从清冷、黑暗的空地飞起来，俯视着沐浴着微光的港口，飞了过去，消失在远方。后来，天空繁星闪烁，大地又黑又湿，草木无声地睡去了。

他们走了好久，姐姐才从大财主家回来。弟弟没事吧？因为时间要比想的长得多，所以她担心起弟弟来了。可是弟弟不在那里，怎么找也没找到。星光淡淡地照在地面上。以前从来也没见过的夜来香开出了可爱的花。还有，姐姐蓝衣服的领子上的宝石，在星光的照射下闪烁着光芒，也是以前没有见到过的。

从第二天起，姐姐像个疯子一样，光着脚，在港口的一条条街道上寻找起弟弟来了。

月光像湿湿的丝线，照耀着天空下港口的小镇的屋顶。水果店门口，堆着用船从遥远的海岛运来的水果。月光也洒落在了这些水果上，水果散发出淡淡的清香。酒馆里聚集了好多人，喝酒，唱歌，说笑。月光也照在了酒馆的玻璃窗上。停在港口的船上的旗帜摇晃着，桅杆上也洒满了月光。波浪像从前一样，忧伤地来来去去地拍打着海岸。

姐姐无望地看着这些景色，悲伤地寻找着弟弟。可是，她不知道弟弟到底去了哪里。

一天，一艘外国轮船靠岸了。不一会儿，船上下来一群打扮得各式各样、兴高采烈的人。据说这些人都是从南方来的，他们的神态轻松，脸被太阳晒得黑黑的，手上拎着藤蔓编的篮子。这群人当中，夹杂着一个奇怪的、像传说中的小矮人一样的黑人。

黑人走在阳光灿烂的路上，好奇地看着四周，眼珠滴溜溜地转个不停。在街角，他遇到了一个身穿淡蓝色衣服的姑娘。当姑娘回头好奇地看黑人的时候，黑人站住了，不可思议地凝视着姑娘的脸，然后走了过来。

"你不是在南方海岛唱过歌的姑娘吗？什么时候到这里来了？我在离开那个海岛的前一天，还看见过你呢！"黑人说。

被突然这么一问，姑娘吃了一惊：

"不，我没有去过南方的海岛，你一定是认错人了！"

"不，不会认错人的。就是你！穿着淡蓝色的衣服，随着一个顶多刚满十岁、双目失明的男孩的笛声，唱歌跳舞，就是你！"黑人用怀疑的目光，看着姑娘说。

听了黑人的话，姑娘更加吃惊了。

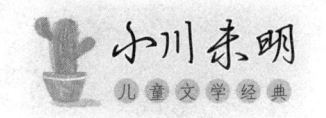

"一个顶多刚满十岁的男孩在吹笛子?那个孩子双目失明了吗?"

"岛上的人们都夸他们。因为姑娘长得很美,有一天,岛上的国王还带着金轿子去接她,可是姑娘说弟弟太可怜了,拒绝了。那个岛上住着很多天鹅,特别是他们吹笛子跳舞的那一带海岸,天鹅多得不得了,当它们飞舞在黄昏的天空上时,那真是美极了!"黑人回答说。他的脸上露出认错人了的表情。

"啊,我该怎么办呢?"姐姐用双手揉着自己的长头发,悲伤地说,"在这个世界上,还有一个我。那个我,比我还要亲切,还要善良,就是那个我,把弟弟给带走了。"她后悔得心都要碎了。

"那个海岛在哪里?我想去那里。"姐姐又说。

黑人指着港口,回答说:"离这里几千里远的地方,有一片银色的海洋,过了海洋,上了陆地,还要越过一座座白雪覆盖的大山。那可不是一个容易去的地方啊!"

这时,夏日的黄昏开始降临,海上五彩缤纷,天空和昨天一样火红,如同在燃烧一般。

黑色的人影与红色的雪橇

这是一个发生在遥远北方的诡异故事。

有一天,这个地方的男人们正在冰上热火朝天地劳动着。一到冬天,这里的海面就会结冰,可以想象有多么寒冷!

这里位于地球的最北端,到了夜里,天空就如同压在头顶上,连星星的光辉都好像比从别的地方看上去要更加明亮。这些星光,在寒冷的夜晚冻得就像几根细细的银棒,映现在蓝色的天空下。树木发出被冻裂了的声音,海水不知何时已经一动也不动了,冻得就像磨得亮亮的铁板。

天寒地冻,人们都穿着黑色的兽皮干活。就在这时,海上暗了下来,呈现出一片阴沉沉的灰色。

刹那间,脚下的厚冰裂成了两半。这种事情太罕见了,众人都慌了神,一看脚下,裂缝越来越深,越来越黑,眼看着就裂开了一个大口子。

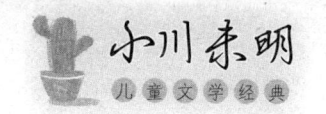

"哎呀，糟了！"被留在海面上的三个人叫了起来，可是已经来不及了。离岸太远了，不可能跳过那条裂缝了，也不可能架桥了，如同被激流冲走一样，三个人随着冰块被飞快地冲到海面上去了。

三个人声嘶力竭地高喊着，挥手求救。可是，站在靠近陆地的冰上的人们，只能眼睁睁地看着他们被冲走。

人们慌乱地在嚷嚷着什么，手忙脚乱，惊慌失措。转眼之间，冰上的三个人已经随着冰块被迅速地冲到灰茫茫的大海远处去了。人们只能呆呆地望着海面，却无能为力。不久，三个人的身影就彻底消失了。

随后，众人乱了套。人们纷纷议论：冰面突然开裂，而且像离弦的箭一样冲向海面，这种事情太罕见了。这么诡异的事，从来没有遇见过。和冰一起被冲走的那三个人究竟怎么样了呢？

"现在已经没有办法了。这样的冬天，不可能驾船出海，也追不上呀。"一个人绝望地说。

大家点了点头。

"实在是没有办法了。"

但是，有五个人摇头反对。

"都是弟兄，不能就这么见死不救呀，无论如何都要去救。"这几个人说。

可人群中有一个人说:"这样的事情,在咱们这个地方还是头一次发生。这是人的力量战胜不了的。"

这个人说得有道理,人们听了都不作声了。

"大家不去,我们五个也要去救。"五个人嚷着。

正好这个地方一共有五只雪橇。这些雪橇只有在出了什么事情的时候,才让狗拉着在冰上飞驰。

趁着天还没亮,五个人开始着手准备行装了。他们把吃的、穿的,还有其他用品都装到了雪橇上,然后,就等天亮出发。那天夜里异常寒冷。天大亮了,不知不觉海上又和昨天一样,冻成了一片光闪闪的冰面。

五个人分别乘上一只红色的雪橇,每只雪橇由两三条狗拉着。

昨天那三个下落不明的人的家属,还有很多百姓也都跑来为搜索的队伍送行。

"你们要好好找呀!"送行的人们说。

"我们会一直找到最北端的。"五个人喊着。

告别之后,五只红雪橇开始向冰上驶去。人们向海面上望去,只见灰茫茫的一片,景象正好又与昨天完全相同。大家心里有一种说不出的不安。不久,红雪橇渐渐地在海面上变小、变小,最后,变成了一个个小红点。再后来,连那也模糊了,什么也看不见了。

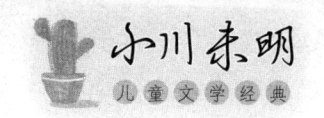

"但愿他们能平安归来!"人们异口同声地说。

那天下午,海面上狂风呼啸,刮起了暴风雪。到了晚上,风越来越大,海面上传来阵阵可怕的声音。

第二天又刮起了猛烈的暴风雪。到了五只红雪橇出发后的第三天,天空好不容易才放晴了。

惦记着开始的三个人的去向,以及去救他们的那五只雪橇的消息,人们纷纷聚集到了海边。本来就冻得像明镜一般的海面,此时,在难得露面的阳光照射下,闪闪发光。

"好大的暴风雪啊!"

"那三个人,还有乘雪橇去救他们的那五个人,不知怎么样了。真让人担心呀!"

人们纷纷议论。

"听说只准备了五天的食品。"

"那就剩下两天了。"

"能赶回来吗?"

"不好说,只有祈求上天保佑,耐心等待了。"

人们忧心忡忡地望着海面说。

海面上除了茫茫的冰面在闪光之外,什么也看不到。

终于到了红雪橇出发后的第五天。人们望着海面想,今天总该回来了吧?

这天天也很快就黑了,可是还没有见到红雪橇的影子。

第六天,人们又站在海岸边向海面上张望。

"今天总该回来了吧?"

"如果今天再不回来,就说明五只雪橇也出事了。"

人们纷纷议论。

可是,他们第六天也没有回来。而且,第七天、第八天也……最终没有回来。

"也许不该去找……"人们互相望着说。

"这回谁去找呢?"一个人问。

人们互相望了望,可是没有一个人敢说自己去。

"抽签决定吧。"一个男人说。

"我害怕,我不干。"

"我也不愿意去。"

……

人们都后退了。最后,也就没有人再去营救了。人们纷纷说:"这是一场灾难,是人的力量战胜不了的。"

他们这样说着,放弃了最后的希望。

又过了几年。

有一天,渔民们乘着小船出海了。那蔚蓝色的海水,宛如流淌的靛青,又冷又美。

海边,波浪撞在岩石上,溅起浪花,水银般的水珠四处

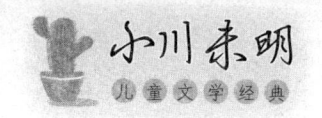

飞散。

渔民们唱着渔歌，一边摇橹，一边撒网。忽然，就像是云彩遮住了太阳似的，云层投下了一片阴影。

人们觉得奇怪，抬头朝天空仰望，只见在蔚蓝的海面上有三个黑色的人影朦胧浮现。三个黑色的人影都没有脚。

脚的地方，是翻卷着的蓝色波浪。三个影子就像三个黑僧侣一样，朦胧地浮现在半空中。

看到这种情景，人们不寒而栗。

"大概是上次那三个不知去向的人的亡灵吧？"人们纷纷猜测。

"今天咱们看到不吉利的东西了。趁着还没出事，赶快回陆地吧！"人们说着，立刻掉转船头，向陆地划去。

奇怪的是，哪只船也没有出故障，可当他们掉转船头，向着陆地还没有划出多远，却都不由自主地沉没了。无声无息，如同被大海吞没了一般。

后面这个故事，说的是一个寒冬的日子。海面上又冻得像银子一般，而且，一望无际，什么也看不到。

这是一个晴朗、寒冷的日子，火红的太阳正在向地平线沉去。

这时，突然在远方寂寥的地平线上，出现了五只红色的雪橇，它们相隔着同样的距离，排着一字形，整齐、快速地向着远处驶去。

看到这些，没有一个人不惊叫的。

"那不是上次去找那三个人的五只红雪橇吗？"看到这些，人们说。

"啊，但愿这个地方不要再发生什么不祥的事情！"人们都这么说。

"那时，不是谁也没有去营救那五个人吗？"

"而且事后，也没有举行过任何祭祀活动。"

人们这才为没有对去向不明的伙伴们尽力而感到后悔。

凡是到这个地方来过的人，都会听人们讲述"黑色的人影与红色的雪橇"这段诡异而真实的故事。

屯吉和宝石

在一座遥远的城镇里，有一家珠宝店。

有一天，一位衣衫褴褛的姑娘来到了店里："我想把这个卖了。"

说完，姑娘从小纸包里取出一只镶嵌着像鱼的红眼珠一样、闪烁着瑰丽光芒的宝石戒指。

正好店主不在，屯吉拿在手里看了看，心想成色这么好的红宝石太少见了，就放在手掌里感叹地端详起来。

姑娘不知道小伙计会怎么说，脸上露出不安的神情。

如果卖不出一个好价钱，生病的弟弟可怎么办呀？不仅如此，从明天起，我们吃什么呀？她思前想后。

"这只戒指是在哪里买的？"屯吉问。

于是，姑娘如实地讲述了这只戒指的来历："这是我死去的妈妈从我姥姥那里得来的，她很珍惜它，临死的时候从手指上摘下来给了我，并对我说：'这是一只很珍贵的戒指，不到万不得已的时候，千万不要撒手。'……"

姑娘还说到现在生活不下去了的事。

屯吉默默地听着姑娘的话。

"就是说，因为你弟弟病了，所以才要卖掉这只宝贵的戒指，对吧？"他问。

姑娘十分难过，眼泪汪汪地点了点头。

"这实在是一块好宝石！"说完，屯吉就按真货的时价，高价买下了戒指。

戒指卖了一个好价钱，姑娘非常高兴，她想，这也多亏了母亲。为了赶快给弟弟治病，她匆匆地走了。店主正好与姑娘脚前脚后地回来了。

屯吉看到店主，马上说："进了一块非常好的红宝石！"说完，就把从姑娘那里买来的戒指给店主看。

店主戴上眼镜看了看，说："果然是一件罕见的上等货。"他微笑着问，"出多少钱买的？"

因为屯吉平时总是在一边看着自己做生意，所以他估计不会有差错，但是为了保险起见，还是问了一句。

然而，当得知屯吉是按真货的时价老老实实买下来的之后，店主的脸色顿时变得不高兴起来，他发火了。

"就是刚才出去的那个姑娘吧？那种外行人还不好糊弄？都怪你不专心做生意！"老板训斥他说。

话又说回来了，宝石这玩意儿，不是内行人，是很难分辨出真假的。成色好坏也是一样。所以，如果遇上不诚实的商人，就会乘人之危，好货也被说成次货，廉价买下。而出售的时候，次货会被说成是好货，高价卖出，从中赚钱。

屯吉虽然是被干这种歪门邪道勾当的店主雇用的，但他看到姑娘那可怜的样子，听了她的讲述，又怎么能把真货说成假货骗人家呢？他甚至还被姑娘那种卖戒指为弟弟治病的善良心肠感动了呢！

但是，这种正直的行为却带来了灾祸。

"像你这样的傻瓜，我不在的时候，一点用都没有。"

店主说完，就把屯吉给辞退了。

"我也有一位温柔善良的姐姐啊。"

屯吉说完，就离开了这座城镇，朝着自己童年时生活过的小镇出发了。

半路上，他与一个跟自己年龄差不多的男人结伴同行。这是一个要翻越沙漠的漫长而又遥远的旅程，两个人不知不觉中，融洽亲近起来，相互谈起各自的身世。这位青年打算今后干一番事业，对未来抱有希望。

即使是走在没有青草、寂寞的沙漠中，但由于两个人惺惺相惜，所以也没有怎么感到乏味。在那些被强烈的阳光照射着的、整个世界都是黄黄的一片的日子里，只要两个人一

交谈，就会觉得心里有一股凉风掠过。

有一天，两个人正并肩走着，青年忽然站住了，他用脚尖拨了拨沙子，从沙子中捡起了一块像小石头一样的东西。

"我捡到了一块这样的东西，你看是什么？"

青年把那块东西放在手上，拨弄来拨弄去，看了好一会儿。是一块蓝蓝的、像只小虫子般大的石头。石头上镶着一个闪光的东西，它的边上有一个可以穿线的小孔。

"肯定是从这里经过的人丢的，不知是做什么用的。"

青年不解地歪着头。

"既然是被我发现了，就别扔掉它，留着做纪念吧。"

青年一边在手掌里拨弄着那块蓝色石头，一边爽朗地笑了。

"来，让我看看你捡了一块什么东西。"

屯吉让青年给他看捡到的蓝色石头。仔细一看，那实在是一件精品！屯吉看着看着，忍不住想得到这块石头了。他想用自己所有的东西来换。实在是件宝贝！但是，屯吉并没有露出惊讶的神情。在珠宝店做事时的毛病又犯了，他在心底里琢磨起如何把那块石头骗到手，好归为己有。

"上面有一个小孔，是用来做什么的？"

青年当然不知石头有多么贵重，便这么问。

"啊……"屯吉结结巴巴地回答不上来。他心里懊悔莫

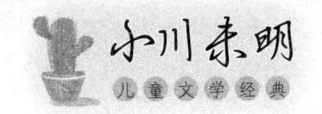

及，我怎么没有先看到这块石头呢？

这块蓝蓝的、有一个穿孔的石头，是太古的勾玉。闪闪发亮的，是钻石。屯吉在珠宝店里看到过一次跟这个一样的东西，他记得是以惊人的高价成交的。现在，这块珍贵的勾玉在沙漠中被找到，是因为过去常有商队从这里经过。

"这要是我的东西的话，就可以发大财了……"屯吉遗憾极了。

幸好青年不知道这块石头的价值！他想，在这趟沙漠的旅程中，一定要想办法把它占为己有。于是，他故意装作无动于衷的样子说："做扣子未免太粗糙了！许是土著人的孩子系在脖子上的东西吧？"

他这么说着，又把它放回到了青年的手里。快活的青年解下行李上的绳子，做了一条绳子，穿上勾玉，半开玩笑地挂到了自己的脖子上，继续向前走。不知不觉中，他已经忘记了那块石头，兴致转到了别的事情上，开心地笑了。

只有屯吉一个人，不时地望着青年脖子上挂着的那块勾玉，只见它不住地摆动着。他想，尽管钻石埋在沙子里太长时间，有点脏了，但只要擦一擦，就会大放异彩的。因为一直在牵挂着这件事，青年跟他说话时，他只是迷迷糊糊地随声附和，不怎么开口了。

屯吉考虑得更多的是：怎么样才能巧妙地把那块勾玉骗

到自己手里。

屯吉一边仰望着浮现在浩瀚沙漠上空的白云，一边想：人的命运真是不可测啊。现在我们两个人同样是这么贫穷，可是到了远方的城镇，如果他把那块勾玉卖给珠宝商，从此这个男人就不再是一个穷人，而是一个大财主了。而我，大概还会跟现在一样吧。

后来，又过了几天，他们终于走出了沙漠。一天傍晚，在两个人的前方，出现了紫色的大海。

"啊，大海！"

"大海！"

两个人同时叫了起来。火红的夕阳正在向浪谷里沉没。两个人一边回顾走过来的遥遥路程，一边在岩石上坐下休息。海浪涌上来，在他们的脚下碎成泡沫之后，退了回去，然后又涌了上来。

屯吉，包括那个青年自己大概都不知道什么时候，把挂在脖子上的那条系着勾玉的绳子解开了，正套在食指上一圈一圈地转着。当屯吉惊讶地看到这一幕时，绳子已经从青年手指上脱落了，勾玉掉到了海浪中，被吞没了。

青年毫不介意，吹着口哨，依然陶醉在这片无限美好的景色之中。而屯吉则因为失望、悔恨和懊丧，脸色煞白。

第二天，一直结伴同行的两个人终于要分手了。青年对

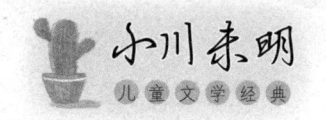

屯吉说:"如果我事业成功,发了大财,一定会到你住的城镇去找你的。而且,我会帮助你的。请你多保重吧。"

说完,他紧紧地握了握屯吉的手,然后,他们就一左一右地分道扬镳了。

屯吉站住脚,目送着青年渐渐远去的背影。等到青年的身影完全不见了之后,屯吉便弯下腰,痛哭起来。

"那时,我为什么会涌现出那种卑鄙可耻的想法呢?如果自己诚实的话,帮助他把那块宝石高价卖了,那个男人就会发意外之财,而且肯定会高兴地把钱分给自己一半。那样的话,两个人都可以幸福,继续愉快的旅程……"

屯吉后悔死了。过了一会儿,他站了起来。

"今后,一定要诚实地生活下去,不能光考虑着发财。对了,我还有一位温柔善良的姐姐。到了城里,我要为姐姐而努力地做事……"

屯吉朝着目的地的城镇方向走去。

两台琴和两位姑娘

有个地方,有一位富裕人家的小姐。小姐心灵手巧,学东西很快,弹得一手好筝。琴师每天都到小姐家来教她弹筝。

不仅筝好,小姐弹得也非常出色,悠扬的琴声传到了很远的地方。

"你听那琴声,多么动听啊!"

村里的农民们到地里干活时,都会丢掉锄头,侧耳倾听。连村里一个最勤劳的人也停下了手里的活,听着从远处传来的琴声。

"真是好听!我还从来没有听过这么好听的琴声呢!"那个男人也说。

村里的男女老少都爱听到小姐的琴声。

小姐的名声好,琴师心里很高兴。当然,她的父母就更高兴了。

小姐家是村里的有钱人,女儿的心愿父母一般都会欣然满足。所以,小姐常常邀请和自己年龄差不多的同学来家里,请她们吃饭,然后弹筝给她们听。

村里农民家的姑娘们都被邀请过了。其中也有衣衫褴褛的穷人家的姑娘。这些姑娘被带到漂亮的客厅时,打量着四周,吃惊得眼珠滴溜溜直转。每一件摆设都非常漂亮,都是第一次看到。这些在外面玩耍时叽叽喳喳、欢蹦乱跳的姑娘,一下子变得老实、腼腆起来了。很快,红豆饭就端了上来,各种各样的好吃的装在托盘里端上来了。面前摆着的菜,姑娘们在自己家从来都没有吃过。妈妈偶尔会做一顿红豆饭,但那也是很少有的事情。

也许是大家觉得这么规规矩矩地坐着太拘束,不舒服,她们甚至想到还是到外面宽阔的原野和田里去玩耍更开心。但是,一听到小姐弹的琴声,她们就都忘记了拘束,那是多么令人陶醉的声音啊,大家都听入迷了。那琴声是不能用悲伤或是欢乐一类词来概括的,就是陶醉。琴弦怎么会发出如此美妙的声音呢?太让人觉得不可思议了。

"为什么会发出那么美妙的声音呢?"其中一位姑娘一路想着回到家里,去问父亲。

"可能因为是一台不出大价钱就买不到的好筝吧!"父亲歪着头回答。

这位姑娘是在这个村子里一位穷人家里长大的,名叫阿花。阿花与其他姑娘一起被邀请到小姐家做客,也被小姐的琴声感动了。回到家里,阿花怎么也忘不了那优美的琴声。

我也要学弹筝!可是怎么买得起那么贵的筝呢?想到这些,阿花非常伤心。阿花在学校是个听话的老实孩子,在家里也经常帮妈妈干活,无论让她做什么,从来不说"不"字,是个好姑娘。

有一天,她和母亲一起在屋外干活。只见阿花像是想起了什么似的,停下手里的活儿,久久地呆立在那里,一动不动。

"还愣着干什么?"阿花挨训了。

阿花是想起了上次小姐弹奏的琴声,被母亲一叫,这才醒悟过来。

"妈,我想学筝。"阿花说。

"学筝?你是说像那位小姐经常弹的那种琴吗?"母亲惊讶地问。

姑娘不好意思地回答:"我就是想学那种琴。"

母亲听了,开始还露出怜悯的表情,但马上就变成了一副发怒的面孔。

"我上哪儿去给你买那位阔小姐才有的东西呀?你也不好好想想,人家小姐多聪明,村里没有人不知道的。你能学

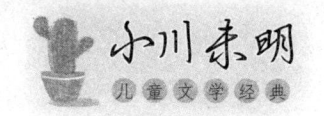

人家吗？叫外人听到了，人家一定会说你是个傻瓜！"母亲说完，就又忙着去干活儿了。阿花不得不承认是自己想错了，母亲那么说合情合理。

阿花又开始干活了。

可是唯有这件事，阿花怎么也无法死心。后来，她又多次提起过学筝的事。

阿花的父亲是一个非常温和善良的人，孩子们的要求，他基本上都答应。听阿花说她想要一台筝，父亲觉得怪可怜的，就说："下次爸爸进城时给你买一台，你乖乖地等着。"

"哪儿来的钱买那么贵的东西呀？答应孩子的要求也要有个分寸哪！"母亲目瞪口呆地说。

"小孩子嘛，只要心满意足就行了，并不一定非得是真的筝不成，有个玩具筝也就满足了。"父亲乐呵呵地说。

阿花听父亲答应给自己买筝了，高兴得不得了。什么时候才能看到那台筝呢？她盼着父亲进城的日子早些到来。

"我要好好弹，然后给大家听。"

阿花幻想着各种情景。

"明天天气好的话，我就进城去。回来时给你买筝，你乖乖地等着吧。"父亲说。

那天晚上，阿花高兴得一夜没有合眼。一大早起来她就打开了窗户，是一个晴朗的好天气！父亲把一大堆柴火装上车，然后就拉着车进城去了。

阿花盼星星盼月亮一样盼着父亲从城里回来。很快就到下午了，父亲拉着空车子回来了。从车上一个细长的小纸包里，隐约传来了像是筝的响声。

"快看，我给你买什么来了！"父亲从车上取下玩具三弦琴，递给了女儿。

可是它与阿花一直幻想着的小姐的那台筝，太不一样了。

不过，一碰那三根金属琴弦，三弦琴发出了美妙的声音。

"爸爸，太谢谢你了。"少女心满意足了。

"买了这么贵的东西，今天装的一车柴火钱不是全没了？"母亲生气了。可是父亲望着女儿高兴的样子，开心地笑了。

从这天起，阿花只要一有时间，就去拨弄三弦琴。"我马上就可以弹得很好的。我会比小姐弹得还要好。"她在心里发誓后，继续弹琴。

可是怎么和着歌弹琴，头一次摸琴的阿花哪里会知道呢！

"啊，要是有琴师教我，我一定会发奋地弹琴的。"阿花为自己不幸的遭遇感到伤心。

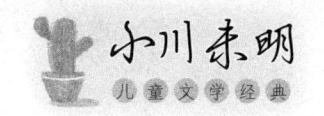

就在她发愁的时候，有一天，不知从哪里飞来一只红脖子的红腹灰雀，落在了院子里的樱花树枝上，悠扬地叫起来。

因为早就听说红腹灰雀这种小鸟会弹琴，所以阿花想，它一定是为了来教我弹琴才飞来的吧！

红腹灰雀鼓起红色的喉咙叫了起来，阿花默默地看着，听着它叫的调子。尽管那叫声有些低沉，但美妙的音色绝不亚于小姐的琴声。

"怎么才能弹出那么美妙的音色呢？"阿花仰望着红腹灰雀问。

于是，红腹灰雀一边从树枝上俯视着下边，一边叫道："嘀呜，嘀呜，咕，咕，呱呜，呱呜……"

阿花和着那个调子，拨弄起三弦琴来。树上的红腹灰雀一遍又一遍地一起叫着，让阿花定三弦琴的调子。

后来，每当阿花拨弄起三弦琴的时候，不光红腹灰雀会飞来，各种各样的小鸟都会聚过来，欢快地和着三弦琴的调子鸣叫。

渐渐地，阿花可以自如地弹三弦琴了。不知不觉，她被自己的琴声陶醉了。

"还没有小姐弹奏的琴声好听吗？"有一次，她这样想。她想，只要请大家听一听就会明白的。

"妈,做红豆饭吧,我去把大家都叫来,我想让她们听我弹琴。"她央求母亲。

母亲听了,吃惊得瞪大了眼睛。

"你这个傻瓜!你以为你可以学人家小姐吗?用这种哄小孩子的破琴,怎么能请同学来呢?就是为了这只琴,你活儿也不干,整天玩,咱家可没有红豆饭!"母亲训斥阿花道。

被母亲这么一训,阿花别提有多难过了,自己弹的三弦琴连母亲都感动不了。她想,我再也不求母亲了,她含着眼泪,伤心地一个人拨弄起琴弦来。

红腹灰雀还是和往日一样飞到院子里来欢叫,各种各样的小鸟不知是从哪里飞来的,都落在树枝上一齐欢快地歌唱。

村里没有一个人夸过阿花弹的三弦琴好听,也没有人谈起过她。刚一入秋,不幸的阿花突然生病了。她把三弦琴放在自己的枕边,身体稍微好一点,就起身在被窝里弹琴,她实在是太爱弹琴了。

温和善良的父亲十分体贴女儿。

"快点好吧,只要你病好了,你要怎么样,爸爸都答应你。"父亲说。

"爸爸,我什么都不要。等病好了,我只想叫朋友们来家里,请她们听我弹琴。"阿花请求说。

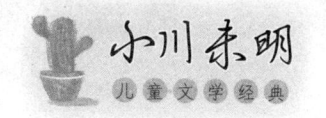

"啊,一定。做上红豆饭,把大家都叫来。"父亲说。

可是,没等到这一天,阿花就病死了。父亲就不用说了,连平时老是训斥阿花的母亲也为失去了自己的亲生女儿,陷入了深切的悲痛之中。

有一天,一位陌生的老爷爷来到了死去的阿花家里。

"我是去小姐那儿教筝的琴师,最近从你们家门前经过时,听不到三弦琴的琴声了,你的女儿怎么样了?我惦记着这事儿,就跑来了。因为她三弦琴弹得非常好,我每次听到,心里都充满了感动。"琴师说。

"我们女儿的三弦琴真的弹得有那么好吗?没有人教她,她总是自己一个人弹,她还说想叫朋友们来家里,请她们听自己弹琴,可是她妈说她是胡说八道,没有搭理她。她真的弹得很好吗?"老实厚道的父亲问琴师。

"是的,我每次经过你们家门前时都会被感动。"琴师说。

"我女儿病死了。"父亲告诉了老爷爷之后,老爷爷很惋惜姑娘的死,眼睛湿润地离开了他们家。

后来,阿花的母亲得知了这一切后,后悔没有煮红豆饭、把女儿朋友们都叫过来。一天,母亲煮了红豆饭,供在阿花的墓前。

"我们和村里人都不知道你琴弹得那么好啊!"母亲哀叹道。

母亲走了之后，红腹灰雀和其他各种各样的小鸟都飞到阿花坟墓周围的树上来了。它们欢快地唱着歌，仿佛是在安慰睡在地下的阿花。不一会儿，小鸟们全都落到墓前来，恰似朋友们被请到家里来做客一样，把红豆饭吃得干干净净。

小岛黄昏的故事

在南方一座温暖的岛屿上，冬天只是徒有其名，因为鲜花总是在盛开。

一个早春的黄昏，一位旅人正在匆忙赶路。看上去，他好像是头一回来这里，东张西望地在寻找自己要去的村子。

这位旅人长途跋涉才来到这里，半路上还搭了船。他是从很远的地方来这座岛屿走亲戚的。

旅人看着路边梦幻般盛开的水仙花，看着山上盛开的红彤彤的山茶花。这一带都是原野和山丘，没有什么人家。海上吹来温暖和煦的风，风里含着诱人的花香。太阳渐渐地向西山边沉去。

天已经开始黑了，可是往哪儿走，才能走到自己要去的村子呢？旅人拿不定主意，站住了。

这一带有没有可以问路的人家呢？他又东张西望地走了起来。黄昏恬静的天空下，只听见隐约传来波浪拍打岩石和浪花四溅的声音。

　　这时，旅人偶然发现远处有一间草房，屋顶是茶褐色的。他走近那户人家一看，原来是一间破旧的草房，围墙已经倒塌，都没有办法修复了。他想，谁会住在这样的草房里呢？

　　他又走近了一点，不禁吃了一惊。只见一个年轻的女人孤零零地站在那间草房的门前，他还从来没有见过这么美丽的女人。

　　女人的长发顺着肩膀一直垂向身后，细巧的牙齿洁白整齐，脉脉含情的眼睛清澈透明，嘴唇如同花瓣一般娇艳，额头像玉石一般白净。

　　旅人心想，这么荒僻的小岛，怎么会住着这样美丽的女人呢？但又一想，也许正因为是这么个荒僻的小岛，才会住着这样美丽的女人。

　　旅人走到女人面前，问道："我想到一个有神社的村子里去，不知走哪条路好？"

　　女人脸上露出凄凉的笑容，说："您是一位远道而来的旅人吧？"

　　"是的。"旅人回答说。

　　女人微微踌躇了一下，然后又说："反正我也要往那边去的，咱们一块儿走吧！"

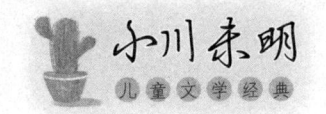

"那就麻烦您了。"旅人请求道。

当两个人向前走去时,旅人转头问女人:"那房子,是你的家吗?"

女人用温柔的声音回答说:"不是,那里怎么会是我的家呢?今天,我的两个孩子出去玩儿,到现在还没有回来,我是去接她们的。因为看到那房子的门上挂着的衣裳,很像我去年不见了的妹妹的东西,所以我正在发呆,不知如何是好。"

听到这样一件不可思议的事情,旅人吃了一惊,便仔细地端详起女人的侧脸来。就在这时,两个可爱的小孩从远处叫着"妈妈,妈妈",朝这边跑了过来。女人高兴地将两个孩子抱在了自己的怀里。

"我们就在这儿分手吧。您顺着这条路一直走,很快就可以走到有神社的村子。"女人给旅人指了路之后,就和两个女孩一起,朝着凄凉、可以听到波涛声的山脚下走去了。

旅人则沿着相反的山路,渐渐地进入深山。山里面的橘子树上还结着果实。当天完全黑下来的时候,他终于到达了自己想去的村子。

那天夜里,在灯光下,旅人对亲戚们讲起白天自己看到了一位奇妙的美丽女人,以及那位女人踏着草地,朝凄凉的山脚走去的情景。

听到这里,亲戚们面带惊讶地说:"那一带根本就没有人家呀!"

旅人不禁觉得女人说的那句"门上挂的衣裳,很像我妹妹的衣裳……我妹妹去年不见了……"的话也很可疑了。

第二天,旅人和亲戚们一起来到昨天女人站着的那户人家门前。

南国岛屿的气候温暖宜人,天空令人陶醉,蜜蜂在花丛里飞翔。当旅人来到昨天黄昏时分看到的草房后才发现,原来那里是一座破烂不堪的旧房子,根本就没有人住。当他向门上望去时,发现有一只美丽的蝴蝶的翅膀,正挂在一张大蜘蛛网上。

巧克力天使

美丽的蓝天下，有一座工厂，工厂的几根烟囱里冒出了一股股黑烟。这是一家生产巧克力的工厂。

生产出来的巧克力，被装到一个个小盒子里，然后被运到四面八方的村庄、小镇和城市。

有一天，车上装满了装巧克力的盒子。这些盒子出了工厂，沿着长长的、弯弯曲曲的道路，晃晃荡荡，被运到火车站，再从那里运往远方的乡村。

装巧克力的盒子上画着一个个可爱的小天使。这些小天使的命运真是各不相同。有的被撕破后，与其他废纸一起被扔进废纸篓里，也有的被投入火炉中烧掉了，还有的被丢在泥泞的路上。总之，孩子们只要能吃到盒子里面装的巧克力，也就管不了那么多了，因为空盒子对他们已经没有用了。就这样，被丢在泥地上的天使，很快就被沉重的货车给压扁了。

因为是天使，所以哪怕是被撕破了，被烧掉了，被压扁了，也不会出血，不会感到疼痛。它们只是在人世间经历了一些有趣的事情和悲伤的事情，然后，又魂飞蓝天了。

现在，坐在车上，沿着长长的、弯弯曲曲的道路向火车站驶去的天使，眺望着晴空万里的蓝天、树木和层层叠叠的建筑，自言自语道："那座冒着黑烟的建筑，大概就是生产巧克力的工厂吧。多么美好的景色啊！远处可以望见大海，海那边还有一座繁华的城市。我真想去那座城市，那里肯定有许多有趣和可笑的事情。可是我现在却要到火车站去，然后就会被装上火车，运到遥远的地方去了。那样的话，我不仅再也不能到这座城市来，而且也看不到这片景色了。"

想到要抛弃这座热闹的城市，漫无目的地流浪远方，天使感到了悲伤。不过，自己要去的是怎样一个地方呢？想到这里，又充满了憧憬。

这天中午，巧克力已经被装上了火车。天使在一片黑暗中，不知道火车现在开到了什么地方。

这时，火车穿过原野、山丘、村庄，跨过河上的一座铁桥，正朝着东北方向飞驶。

这天傍晚，火车驶抵了一个又小又荒凉的车站，巧克力被从火车上卸了下来。火车继续朝着渐渐暗下来、起风了的原野，呼哧呼哧地吐着烟驶去了。

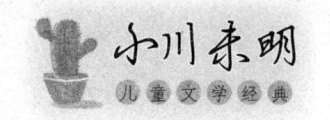

今后会是怎样的命运呢？巧克力天使既不安，又充满了期待。很快，装着几百块巧克力的大箱子，就被运到这座镇子上的一家点心店去了。

也许是因为阴天的关系，天黑了以后，镇子里没有什么行人。难道以后天使要在这个寂寞的小镇里，一直这样待下去吗？要是那样的话，真要闷死了。

几百个画在盒子上的天使，大概分别在幻想着不同的事情吧！其中，有的想赶快飞上蓝天，但也有的想看看自己最后的命运究竟如何之后，再飞回到天上去。

这里讲的，当然只是众多天使中的一个天使的故事。

一天，一个男人拉着一辆带箱子的手推车来到点心店。接着，他把三十几盒巧克力和其他点心一起装到了车上。

天使想，大概又要去什么地方了，到底要去哪里呢？四周仍然是一片黑暗，被装进车里的天使，只能听到车子被人拉着，在石子上咔嗒咔嗒地颠簸着走在一条恬静的乡间小路上的声音。

拉车的男人在半路上好像跟谁搭上了伴儿。

"天气真好啊！"

"天渐渐暖和了！"

"照这样下去，雪大概都会化了吧？"

"你这是要去哪里呀？"

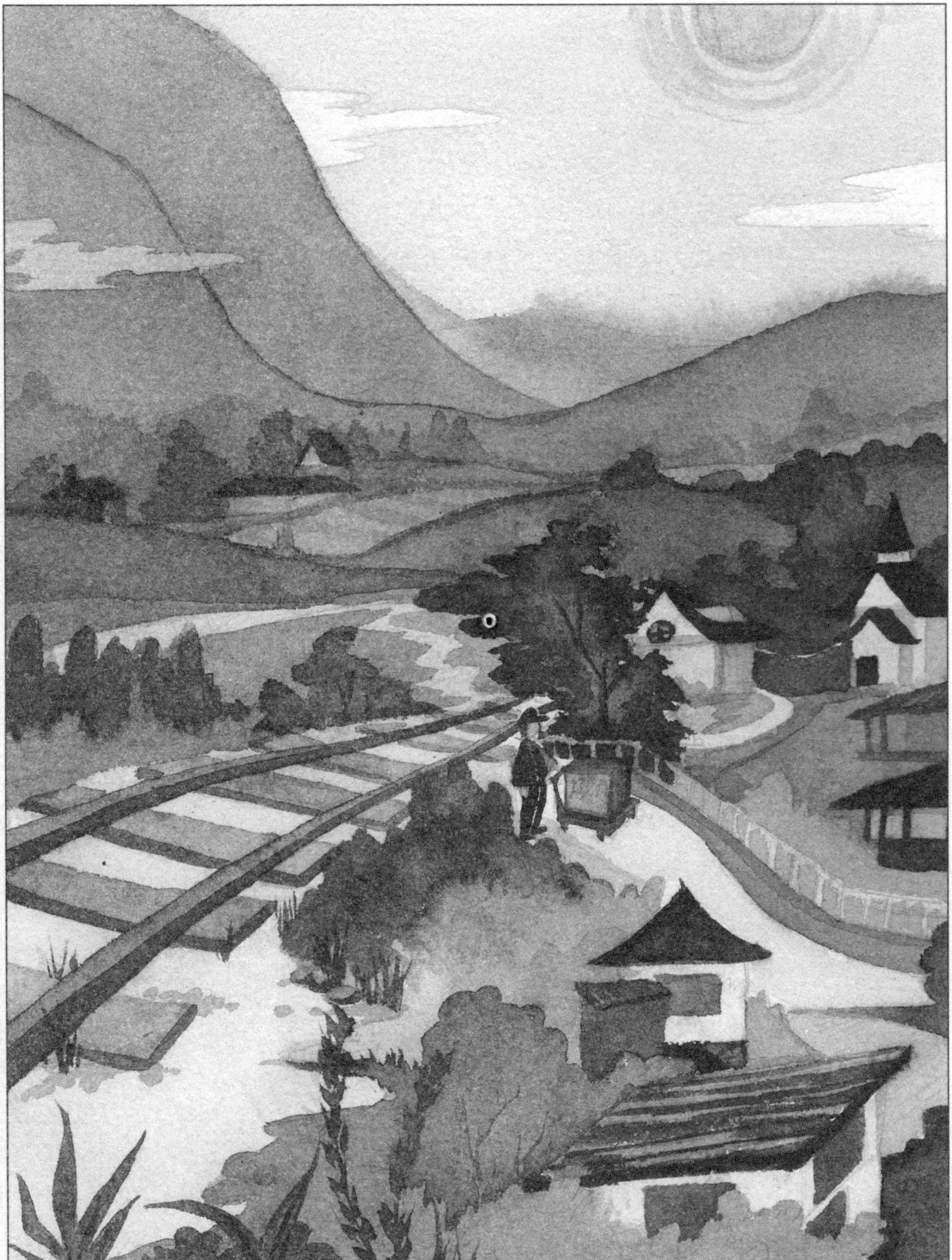

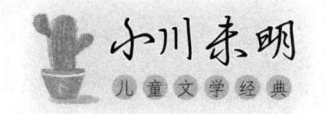

"到前边的村子里送点心去。这还是今年从东京来的第一批货呢!"

巧克力天使听了这话,才知道这一带的田里还有积雪。

一进村子,树上的小鸟就啾啾地发出了好听的叫声,一边叫,还一边从这边的树枝上跳到那边的树枝上去。听到孩子们玩耍的声音了。过了一会儿,车子咔嗒一声停住了。

这时,巧克力天使知道村子到了。很快,车箱的盖子打开了,男人果然把巧克力取出来,放到了村里小点心店的店头,还摆上了其他各种各样的点心。

小点心店的女主人拿起巧克力,说:"这些都是十块钱的巧克力吧?有五块钱的请送过来一点好吗?这一带十块钱的卖不出去呀!"

"都是十块钱的。那这里就放三四盒吧。"拉车的年轻男人说。

"那就放三盒吧。"老板娘说。

这家店里只放了三盒巧克力。女主人把三盒巧克力放到了一个大玻璃瓶子里,然后摆到了一个从外面可以看得到的地方。

年轻的男人拉着车子走了,大概还要去别的村子送货。从同一家工厂生产出来又坐上同一列火车的巧克力们,之前命运都是相同的。可是从现在起,却不得不分手,各奔东西了。或许在这个世界上，这些天使们再也没有见面的可能了吧！只有等到升上蓝天，在天上相聚之后，才能相互说起在这个世界上所经历的命运吧！

　　天使从瓶子里，眺望着从房子前面流过的小河。阳光照在水面上，波光粼粼。不久，天就黑了。乡下的夜晚还很冷，而且十分萧条。不过，天一亮，小鸟又会飞到那些树上来欢叫。这天又是一个好天气，远处的山峦云雾朦胧。孩子们来到点心店前面玩。这时，巧克力天使幻想着自己要是被这些孩子们买走，放到那条小河里，自己就会顺着河水一路流淌，从远方云雾朦胧的山峦之间流过。

　　然而，正像女主人说的那样，农民的孩子们买不起十块钱的巧克力。

　　一到夏天，燕子飞来了。小河的水面上倒映着它们可爱的身影。烈日当头的三伏天，过路人也会在店头歇脚，讲一些四处的见闻，可是没有一个人来买巧克力。所以，天使既无法飞上天空，也无法去别的地方旅行。随着时光的流逝，玻璃瓶开始变得污浊起来了，落了很多灰尘。巧克力度过了许多闷闷不乐的日子。

　　不久，天气又开始转冷了。到了冬天，雪纷纷扬扬地落了下来。天使厌倦了乡下的生活，却又无能为力。

　　恰好是来到这家店整一年的那一天，点心店来了一位老

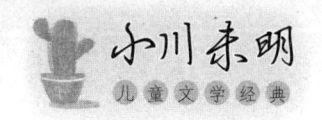

奶奶。

"我想给孙子们寄点什么,有什么好吃的点心吗?"老奶奶问。

"老人家,这里可没有什么高级的点心呀。不过倒是有巧克力,您看怎么样?"点心店的女主人回答说。

"给我看看巧克力。"拄着拐杖、系着黑头巾的老奶奶说。

"您要往哪儿寄呀?"

"给东京的孙子们寄粘糕时,想顺便放点什么糖果。"老奶奶回答说。

"不过,老人家,这些巧克力就是从东京运来的。"

"没关系,是我的心意。就要那些巧克力吧。"说着,老奶奶把三盒巧克力都买了下来。

想不到还能再回东京,这让天使喜出望外。

第二天夜里,天使已经坐在火车上那黑暗的货车里,沿着上次来时的路线,晃晃荡荡地向大都会奔驰而去。

天亮之后,火车到达了大都会的火车站。

这天下午,包裹被送到了收信人地址上写的那户人家。

"乡下寄包裹来喽!"孩子们欢呼雀跃着。

"寄什么来了呢?肯定是粘糕。"母亲解开包裹的绳子,打开了盒子的盖子。里面果然是乡下捣的粘糕,其中还有三盒巧克力。

"哟，这是外婆专门为你们买的呀。"母亲分给孩子们一人一盒巧克力。

"原来是巧克力呀。"孩子们嘴上虽这么说，可还是高兴地拿着巧克力跑到外面去玩了。

这是早春一个还很寒冷的黄昏。孩子们在马路上玩捉迷藏。三个孩子不知什么时候，已经把巧克力从盒子里拿出来吃了，还丢了一块给那条形影不离的小白狗。没多久，盒子里面就空了。一个孩子把空盒子扔到了水沟里，一个孩子把盒子撕破了，另一个孩子则把它丢给了小狗，小狗叼着它在周围跑来跑去。

天空呈现出一种让人怀念的蓝色。虽然距离百花盛开的季节还有一段时间，但梅花已经开始飘香了。就在这样一个宁静的黄昏，三个天使升上了蓝天。

其中有一位天使，像回首往事似的眺望着远方大都会的天空。很多烟囱都在冒着黑烟，很难分清哪些烟囱是以前生产自己的巧克力工厂。不过，美丽的灯光，纷纷从烟霭中隐隐约约地露了出来。

随着渐渐上升，黑蓝色的天空变得更加明亮了。而且，前方闪烁着璀璨的星光。

深山里的秋天

已经是秋末了。老猴子可能是感到了什么莫名的悲伤吧，蹲在岩石上，呆呆地望着天空。夏天曾经是那么生机勃勃的树叶，现在已经开始枯萎了，不久，自己也会这样吧？也许是想到了永久的长眠。即使脑子里没有想得那么清楚，只不过是一时冒出来的想法，但毕竟是捕捉到了这种预感。老猴子一反常态，用一种悠远而平静的心态，注视着云彩的走向。

夕阳落到重峦迭嶂的高山后面去了。百花盛开，仿佛那里就是和平的乐土。可怜的老猴子一边望着如同藏红花的花瓣和石竹花一样美丽、正在散去的云彩，一边思索着，可有些事毕竟超出了它那只小脑袋所能思考的范围。

走在前面的，看上去多像住在山里的大灰狼啊！这样说起来，跟在后面的就是大熊吧！再后面拿着旗子的，像是上次在森林里见到的狐狸。

它这样一边想象着，一边看云彩，会从天上那一片片云彩上辨别出一个个自己熟悉的住在山里的野兽和小鸟，它们快乐、亲密无间地在天上游戏着。

老猴子在岩石上，目不转睛地望着这奇妙的情景。

啊，我知道了。上天一定是在说：你已经老了，趁着身体还硬朗的时候，再跟大家一起开心地玩一次吧！

老猴子想到这里，为了把朋友们召过来，冲着天空发出了一声悲吼。

天上的云彩不知何时消失不见了。如果没有发现，也许永远都不会知道，那是来自天上的一个短暂的暗示。

听到老猴子的叫声，附近树上的小松鼠立即赶了过来。

"怎么了？猴爷，出了什么事？"小松鼠问。

这只老猴子很受住在附近山林里的野兽和小鸟们的尊敬，那是因为它在这座山里的生活经验太丰富了。

老猴子先把从云彩中得到的启示，对小松鼠讲了一遍。

"那实在是太壮观了！趁着还没有下雪，召集大家好好地玩一次吧。"老猴子解释说。

"这真是一件好事，不过，怎么跟那些平时很瞧不起我们的熊和狼们说呢？"小松鼠歪着小脑袋发愁了。

"把我方才看到的事情跟它们说了，它们不会不愿意的。"老猴子回答。

"那么，猴爷，就请赶快召开联欢会吧。只要没有人嫌弃

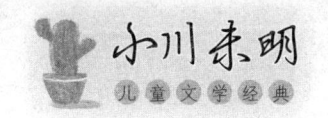

我小，没有比这更高兴的事情了。"小松鼠高兴得跳了起来。

就在这时，狐狸慢吞吞地走了过来。

"猴爷，出什么事儿了吗？听到您的叫声，我吓了一跳，就马上赶来了。"样子狡猾的狐狸说。但是，这时候的狐狸显得很老实。

老猴子又把方才看到的云彩的事讲了一遍。

"狐狸，我看到你拿着旗子走在那列队伍里了。我们举办联欢会的时候，请你也那样拿着旗子好吗？"

听了这话，狐狸挺起了胸脯说："唉，我要是也在这里观看那些云彩就好了。我一直在竹林里睡大觉，听到您的叫声，才惊醒了。"

老猴子委派它俩担任使者。狐狸准备去找洞穴里的熊，而小松鼠则去找在河谷里等待猎物的狼。

小松鼠刚要走，又回头对老猴子说："葡萄的季节虽然已经过去了，但还有别的好东西。我知道结柿子的地方，要是找一找，还能找得到栗子、橡子、山梨等果实，一定可以办成一个丰盛的宴会的。不管怎么说，马上就要进入漫长的冬天了，大家好好地玩上一天吧！这合乎住在山里的动物们的趣味，大概不会有谁反对的。"

同样，朝另外一条路走去的狐狸也说："当然了，虽然不像人那样懂道理，可是咱们也是讲情义的呀！"

"人的情义是靠不住的。"小松鼠摇了摇头说。

"不会的。"狐狸为人辩护。

"最讲情义的熊和最勇敢的狼,不是救过人吗?可是人怎么样呢?发现了熊和狼之后,最后还是会杀死它们的。"小松鼠急了,坚持说。

老猴子笑了笑,说:"这回,咱们也跟人交朋友吧!"

"尽管猴爷您这么说,可人还不是说'猴精、猴精'嘛,这可绝对没有赞扬的意思啊。"被小松鼠这么一说,连老猴子也现出难为情的样子来。

"不去管他了。好了,赶快走吧!"狐狸这么一说,小松鼠一跃,就跑到山谷那边去了。

山顶上有一座茶馆。从夏天到秋天,会有远行的旅人翻山越岭,经过这里险峻的山路。可是进入深秋之后,几乎连人影都看不到了。

茶馆主人让家人下山去了,只剩下自己一个人,准备收拾收拾再下山。因为直到明年冰雪消融、小鸟在新绿的枝头上鸣叫之前,是不会有事再上山来了。他想,我必须把剩下的酱油、大酱,还有酒和点心什么的都处理掉。

今天又没有见到人来。茶馆主人心想。

这时,从门缝里吹进来的风,让他突然觉得有一种寒气逼人的感觉。

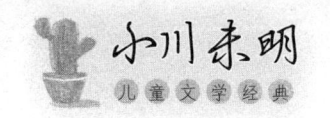

附近的山上可能下雪了吧？茶馆主人想。明天早上，到外边朝远处的山上一望，肯定是白茫茫的一片了！他想象着那座山的样子，坐在悄然无声的屋子里，听着风呜呜地透过门缝的声音。

去年，他也是在这个月的中旬下的山。可是今年的冬天似乎比往年来得早。茶馆主人站起来，拉开拉窗，朝后山的方向望去。

夕阳已经西沉，令人生畏的灰色云彩从山顶上露了出来。这时，听到了猴子吱吱的尖叫声，他知道这是因为山上下雪了，所以猴子从山里跑了出来。他这才发现自己粗心大意，还没有擦好步枪呢！第二天晌午，他觉得门口好像有什么动静，定睛一看，只见一个怪物的脑袋伸了进来。茶馆主人吃了一惊，话也说不出来了，摔了一个屁股墩儿。因为那是一只巨大无比的熊。

他觉得自己已经没命了，浑身的血都凝固了。

救救我吧。他在心里一个劲儿地祈求上天保佑他。

可是熊并没有马上扑过来。相反，手里握着柿子树枝和木天蓼①的熊，好像在用眼神诉说着什么。当他明白了熊确实不是要来吃他的时候，就说："只要你留我一条命，你要

---

① 木天蓼：一种落叶灌木，椭圆形的黄色果实可食用。——译者注。

什么我就给你什么！"

他战战兢兢地抬起头，察看着熊的动静。熊好像是在征求他的同意似的，立刻来到酒桶前，目不转睛地盯着酒桶。

"哈哈，原来你是想喝酒，才跑到这里来的呀！"茶馆主人恍然大悟。

"我要是不让它喝，它肯定要发怒咬死我。不是你死就是我活！干脆让它喝个够吧，等它喝醉了之后，再来收拾它！"

就这么一瞬间，茶馆主人的脑子里滚动着各式各样的想法。

"哪有那么多酒给这只大笨熊喝啊！老天大概是在考验我，看看我在这种生死存亡的时刻到底有多少智慧吧？我要想办法不让它喝最贵的酒。"他打定了主意。

只见他把柜子上的酒壶取了下来，走进里屋，很快就出来了。然后，他又走到酒桶那里做了一个舀酒的动作，还故意晃了晃酒壶给熊看，里头的酒发出哗啦哗啦的声音。熊信以为真，老老实实地接了过来。它丢下柿子和木天蓼，抱着酒壶，摇晃着肥胖的身躯，顺着前面的山路，跑得无影无踪了。

茶馆主人常年住在山上，听到过野兽有仁慈心、有礼貌的传说，他知道这熊是来买酒的。

山里的野兽们也许有什么活动吧？他想。

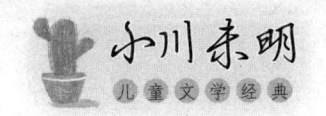

值得庆幸的是，自己没有付出什么大损失，就巧妙地化险为夷了。

在山上待久了没好事，还是快点下山回村吧。茶馆主人想。

这天，山里的野兽们听从老猴子的指挥，排着整齐的队伍从一座山峰走到另一座山峰。可爱的兔子走在头里，接着是狼，然后就是带着酒壶来的熊，以及狐狸和小松鼠，刚好是跟老猴子那天在岩石上看到的天上的队伍一样的队形。山里已经没有人的足迹了。如同在心底里惋惜即将离去的美丽的秋天一样，动物们还是在清静的山里兴高采烈地玩了一天。很快，它们的队伍就走到了一片高高的空地上。它们一定在那里表演了除了上天，没有人能知道的绝技，尽情地欢乐了一番。

那会儿，山顶茶馆的主人正慌慌张张地准备下山呢！酒桶上面还放着熊拿来的柿子和木天蓼。回到村子里之后，他肯定要大吹大擂一番的！由于直到明年夏天有人来山上之前，他不会再来这座小屋了，所以，他把一个个关闭的门窗都用钉子给钉死了。他一边叮叮当当地挥舞着锤子，一边想：我往醋里面掺了水，野兽们不知道酒的味道，准以为人喝的就是这种东西。也许它们会发现那不是酒？

山里十分安静，红叶红得好看极了，可他心里却有一种不安的感觉。一走下山顶,就听到边上竹林里传来了一阵哗啦啦的声音,他以为是熊来报复了,顿时吓得腿都软了。可是,原来那只不过是一阵西风。夕阳从高高的山峰上滑过,卷着雪花,坠入了黑云的旋涡里。

大萝卜与钻石的故事

秋季摘的蔬菜都很成熟，尤其是大萝卜，特别好吃。

直到这时，农民才为自己的汗水没有白流而感到高兴。他又禁不住想起了过去的那些辛苦日子。

那一天，他来到田里，播下了种子。为了让这些种子长出像小蝴蝶翅膀一般大的小芽，他要花费多少心血啊。嫩叶上生虫子的时候，要把它们摘掉；烈日炎炎，不愁吃、不愁穿的人们睡午觉的时候，他要到田里施肥；连日干旱，田里的土地干得发白的时候，他要不断地浇水。

正因为付出了这样的辛苦，大萝卜才会长得这样好。农民一想到这里，就开心起来，像看着自己孩子一样看着大萝卜。

农民真有点舍不得把这些凝聚着自己的血汗和灵魂的蔬菜，就这么马上装上车，拿到镇上去卖掉。

他想，至少要把其中最好的给地主送去。农民从一大堆大萝卜里，选出十根长得最好的，送到了地主家里。

"老爷，今年大萝卜难得长得这么好，我就给您送来了一些，请您尝一尝吧！"

说完，农民鞠了一躬。

地主来到厨房，看着农民送来的大萝卜说："可不是嘛，今年大萝卜长得不错。是因为天公作美吧？"

"老爷，今年虫灾闹得很凶，接着又是阴雨连绵，然后又是连日干旱……"

农民想说，之所以长得这么好，是因为自己精心照料的结果。

"今年下了那么多雨吗？"地主已经记不得夏天的天气了。

"这个给你拿去买盒烟抽吧！"说着，地主用纸包了几个钱，像扔东西似的扔到了农民的面前。

"老爷，我不是来跟您要这个的……"

农民表达不出自己的心情，就把头在门框上蹭来蹭去说，可最后，还是恭恭敬敬地捧起那个纸包走出了厨房。

农民走了之后，地主瞥了一眼脚下的那堆大萝卜，自言自语道："那家伙自吹自擂，这些大萝卜值几个钱？到镇上去买了就知道了。"

这时，正好有一个很会讨好的花匠从镇上来，送来了一

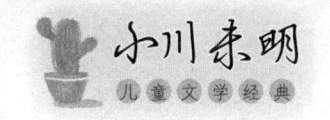

株从山上带回来的石楠花。

"老爷,也不知道能不能活,就先把它种在那个石灯笼的后面吧。"花匠说。

地主别提有多高兴了。

花匠来到院子里,把带来的石楠花种在了土里,然后,坐在套廊上,一边喝茶,一边与地主天南海北地聊了起来。

"老爷,真是有这样的怪事呢。在险峻的大山深处,而且还是在峡谷对面那样人根本就无法到达的地方,有一块巨大的岩石,当太阳照在那块岩石的头顶时,它会放射出五彩缤纷、像火一样的光芒。'那会是什么呢?'连向导也会这样吃惊地说。"花匠讲道。

"会不会是钻石呀?"地主说。

"我还没有见过钻石,钻石会长在那种地方吗?"

"听说是长在岩石里面。不过,也许是玻璃瓶子的碎片吧?"地主又说。

"老爷,您可不能乱开玩笑。那可是猴子和熊都难以接近的地方呀!"花匠回答。

说到这些,地主琢磨开了,如果那真是钻石的话,可就要发大财了!

花匠走了之后,地主闲着没事干,整天想着这件事。

他想起来一个故事,说是有一艘在海上航行的船,看到岩石的角上有一个闪光的东西，费了好大劲儿把船靠上去一看，原来是钻石。"地主觉得应该去冒一次险。

有什么呀？就当是买股票，没什么大不了的。去看看没见过的风景也没有什么损失呀！正好，今年还没有出去旅行过呢……地主想。

他把镇上的花匠叫来，说想去探索一下那个闪光的东西的真相。

花匠一想到那条路那么险峻，加上秋天的天气又变幻莫测，就说："老爷，我看还是算了吧。"

可地主是一个一旦拿定了主意，就绝不罢休的人。地主仗着自己有钱，就说："我给你丰厚的报酬，走吧！"

花匠想，既然可以拿到报酬，去了那儿，说不定还可以采些奇异的高山植物，就决定去了。

农民一年到头很少有休息的时候，天天都要到地里去干活。农活一个接着一个，没完没了。

有一天早上，那个给地主送大萝卜的农民，正好遇上要进山的地主。

"您早！老爷您这是要到哪里去呀？"农民谦恭地问候道。

"我要到山里去，有件好事。如果顺利的话，可以带回来一件惊人的东西。"地主眺望着远处的山峦说。

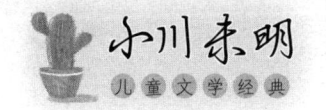

农民心想，地主说的好事是什么呢？一定是找到了赚大钱的门路吧？自己一年到头这么从早到晚地干活，可还是攒不下几个钱，也看不到什么新鲜事儿。虽然实在是无聊，但农民还是觉得人应该老老实实地干活才行，于是，就又勤奋地埋头干自己的农活儿去了。

"天气如何？"地主一边走，一边问花匠。

"老爷，您不是都看到了吗？晴空万里。照这个样子，接下来天气会一直放晴的。"圆滑的花匠回答说。

第二天，终于要进入那座大山了。他们请来了两个身强力壮的向导，拨开草丛，朝大山深处走去。

即使是走在没有下脚地方的险路上，地主的眼里也闪烁着钻石的光芒。因为钻石，他连辛苦也忘记了。秋天的天气变化无常，转眼之间下起雨来。山里更是寒冷。即使是这种时候，地主仍然在幻想着钻石梦，忘记了痛苦。

终于到了花匠说的那个能看到岩石角上有个闪光的东西的地方了。这时，刚好天空晴朗，四周洒满了阳光。虽然与盛夏不同，阳光没有那么强烈，也不怎么热，但还是隔着深深的溪流，照射在远处的岩石上。

花匠担心那个闪光的东西不知什么时候会消失，便赶紧朝那边看去，他看到那个光彩耀眼的东西仍在闪闪发光。

"果然没错，那到底是什么呢？"

"真是不可思议!"

"到底是什么呢?"

大家探头朝那边看去。地主看见了,高兴地想,总算是没有白白花钱到了这里。可是,怎样才能走过去呢?

这时,一直沉默不语的向导,终于慢慢地开口说话了:"什么闪光的东西,那是从岩缝里涌出来的山泉。"

"山泉?"

"原来是山泉呀!"

"怎么会是山泉呢?"

当大家明白了那个闪光的东西不是别的,而是山泉时,一个个都张口结舌了。尤其是地主和花匠,他们还以为那个闪光的东西不是玻璃就是钻石呢!

"既然这么说,那肯定就是山泉了。"大家这才醒悟,因为山泉从岩缝里涌出是极其自然的事情。

在回家的路上,地主一个劲儿地抱怨。他对花匠说:"亏你还是个买卖人呢,怎么连岩缝里会有山泉水涌出来的道理都不懂呢!"

听了地主的一通埋怨,圆滑的花匠也哑口无言了。连他自己也没有想到自己不小心说出来的一句话,竟然惹出了这么大的麻烦。

回到村里一看,那个农民还在勤勤恳恳地干活。地主这

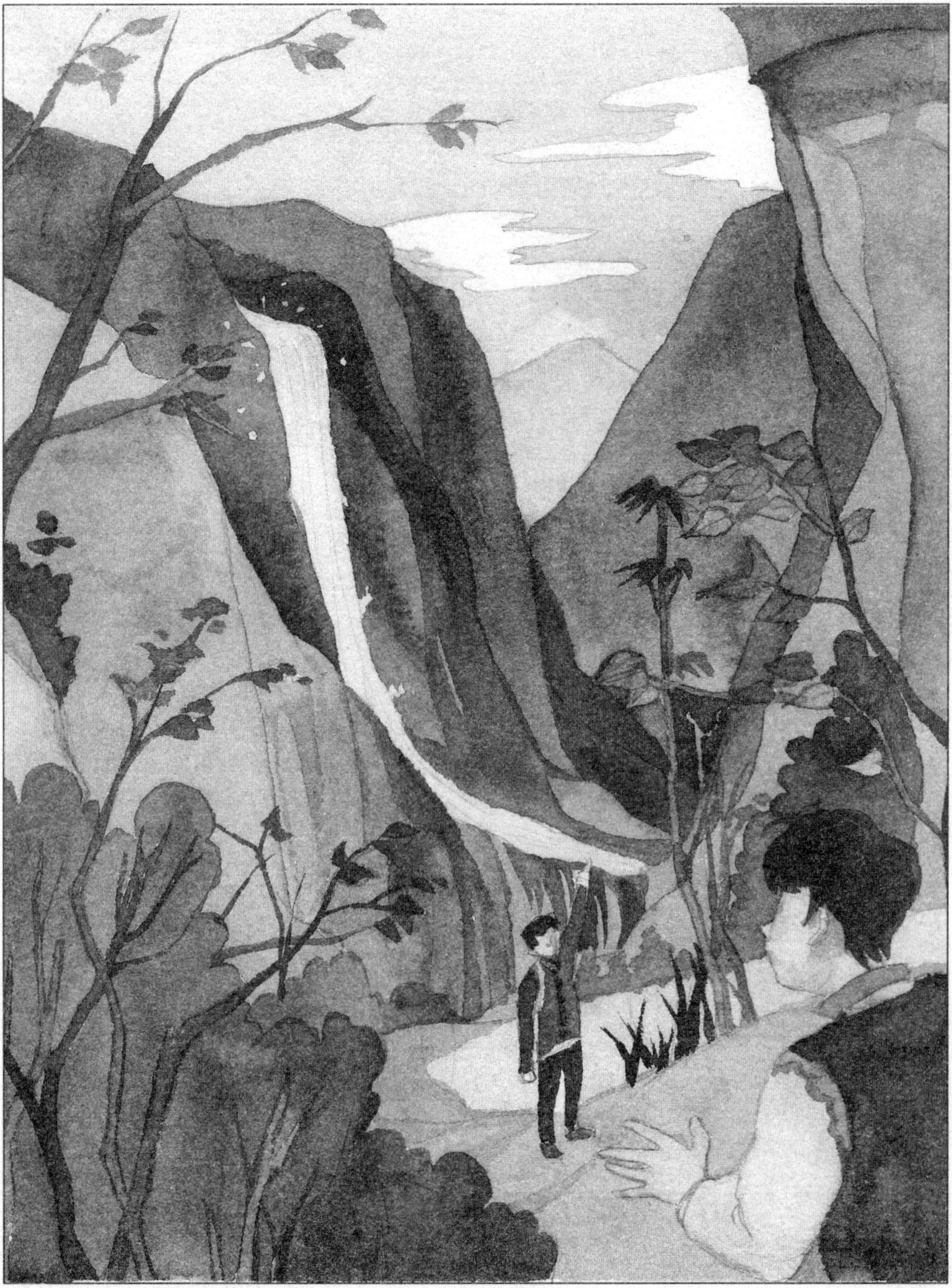

才懂得，人还是应该老老实实地劳动。正因为农民的这股干劲，大萝卜才会长得那么漂亮。地主想起了农民上次送来的大萝卜，后悔自己把那些大萝卜白白地送给了花匠。

而花匠送来的石楠花很快就枯死了。

老鼠与水桶的故事

后街上有一条小河流过。与其说它是条小河，还不如说它是条臭水沟更恰当。

从各家各户流出来的废水汇集在一起，就形成了一条小河。

老鼠在这条河的岸边挖了一个洞，已经在里面住了很长时间。让人不解的是，别的老鼠都在人家的天棚顶上或者地板下面做窝，为什么唯独这只老鼠住在外面这么个肮脏的地方呢？这里面是有原因的。

这条河的河底到处淤积着垃圾，各种各样的东西都被丢在里面。但是老鼠可以吃的东西几乎都被狗和乌鸦抢先吃掉了。

老鼠之所以住在这里，只是因为考虑到这个地方比较安全。

那是老鼠还很小的时候的事了。他和其他的伙伴一起，住在镇上的一户人家里。一天夜里，他离开大家，独自来到了厨房。架子上的笸箩里装着大萝卜和芋头，柜橱里还有煮熟的鱼和豆子，嗅觉灵敏的老鼠一下子就发现了这些。

人是很精明的，要当心才行。因为平时就有所闻，所以老鼠不敢大意。

他本来是打算悄悄地去咬柜橱的，但又一想，为了保险起见，还是先去吃架子上放着的芋头吧。

他爬到架子上面，吃了芋头。小老鼠的肚子眼看着就撑得鼓鼓的了。吃饱了之后，他就不再想去吃柜子里的东西了，只想喝口水。

他想着喝口水就回自己的窝里去，于是，下到了洗碗池里。那里有一只水桶。水桶里一定装着很多水……他小心地爬上水桶的边沿，朝里面望了望。

周围一片漆黑，他发现水桶里果然装了大半桶水。

老鼠奋力伸长脖子去喝水。虽然只有一点点的距离，可对于这么一只小动物来说，可不是一件容易的事情。

他尽量将脖子伸向下方，那实在是一种冒险。可是无论他怎么用力抓住水桶边，由于水桶边又圆又滑，而且是金属的，所以爪子无法抓牢，一不小心，老鼠脚一滑，就人头朝下掉进了水桶里。老鼠在水里挣扎着，可是无论如何都够不到水桶边。

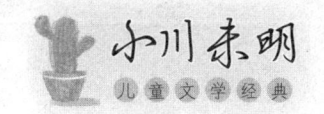

这时，水桶嘲笑他了。

"谁允许你喝水的？小老鼠你胆子也太大了！竟敢骑在我的头上，你这是遭到报应了。事到如今，你想逃也逃不掉了！"水桶说。

老鼠痛苦极了，一边踩水，一边向水桶哀求道："都是我不好。请救我一命吧。以后，我再也不到你这里来喝水了……"

然而，水桶却冷冷地一阵狂笑，丝毫不理睬老鼠的哀求。

可怜的老鼠，痛苦至极不得不喝了一口水。全身的毛都湿透了，他已经没有力气再游了，眼看就要淹死了。

"游到这里来，我可以救你一命。"忽然有个声音说。

老鼠朝发出声音的地方拼命游去。原来跟老鼠说话的是一只水舀子。

"来，抓住我的身体，爬上去吧。"水舀子为老鼠鼓劲儿。

老鼠牢牢地抓住水舀子的把儿，划着水爬了上去，好不容易才捡了一条命。

"谢谢你了。"老鼠颤抖着向水舀子道谢，然后就逃走了。

老鼠得救以后，不敢再在这户人家里待下去了。他告别了大家，为寻找安全的地点吃了不少苦头。后来，就在现在的这条河边挖了一个洞，在里面住了下来。

如今他已经长大了，成为一只深谋远虑的聪明老鼠了。

一连下了好几天大雨，河水泛滥。老鼠的洞里也进了水，所以，再也待不下去了。无奈，老鼠只好从洞里爬了出来，他想等到天黑，再回到原来住过的那户熟悉的人家的地板下面去。

老鼠肚子饿了，于是直奔厨房。他从洗碗池的下水道口来到窗户外面。近处飘来了一股鱼骨头等好吃的东西的味道，他转着脑袋找来找去，发现那股香味是从身边的一个旧水桶里传出来的。

老鼠马上就爬了上去，跳到了水桶里面。对于这只已经长大了的强壮老鼠来说，这根本算不了什么。他吃了起来。他想下面也许还有更好吃的，于是，他把水桶翻得咔嚓、咔嚓乱响，找起食物来。

"好疼哟！好疼！老鼠小弟，请你轻一点好不好？你一动我的身体，我就疼得要死。"水桶痛苦地诉说道。

老鼠听了这话，不禁悲伤起来。

"你怎么了？我只是稍微翻动了一下，你怎么会那么疼呢？"老鼠问。

"老鼠小弟，我长年在这个洗碗池里坚守岗位，身体到

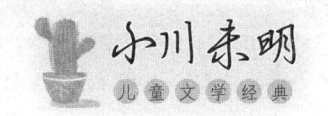

处都生了锈,伤痕累累,再也没有力气装水了,人不得不用胶泥把我的伤口堵住。后来,我又承担了很长一段时间的使命,最后,实在是坚持不下去了,就被人扔了出来,成了垃圾桶。可是我已经遍体鳞伤,胶泥堵住的伤口只是稍微被碰一下,就会疼得要命。"水桶回答说。

老鼠听了水桶的这番话,不禁想起在自己还是小老鼠的时候,为了喝水,掉到水桶里面的事。那时,这只水桶闪闪发亮,是那么地冷酷无情。不过,这只老鼠不愧是一只聪明的老鼠,面对现在变成这个样子的水桶,什么也没说,只是在心里可怜水桶的下场。

"你真可怜。我马上就出去。"老鼠跳出了水桶,说,"我问你,以前跟你在一起的那只水舀子现在怎么样了?"

"你是问那只水舀子吗?水舀子呀,比我还要惨,由于过度劳累,累坏了身子,头都掉了,成了一个废物。一旦成了那个样子,人就不讲什么情面了。有一天早上,水舀子不知被扔到什么地方去了。可是,不能说是事不关己呀,我早晚也会有那一天的。"水桶完全没有了以前的威风,悲伤地说。

老鼠听到曾经救过自己一命的水舀子的结局,心里十分伤心,连话也说不出来了。

这时,不知什么地方飘来一股难以形容的香味,老鼠突然抽动起鼻子来。

"这香味是从哪里飘来的呢?"他朝四周看去。

"老鼠老弟,你可不能大意呀!昨天白天,人往食物里下了老鼠药,好像就撒在这一带了……"水桶说。

"谢谢……要不是你提醒,吃下去可不得了。"老鼠连忙道谢。尽管这是只聪明的老鼠,可还是没有料到人类有这一手。

"老鼠老弟,还不止这些呢!每天晚上到了这个时候,老猫也会跑来的,你可要小心呀!"水桶告诉他说。老鼠感到住在这户人家附近的危险了,于是,就想还是回到那个沟底去好。正好雨过天晴了,天空出现了月亮。

"水桶大哥,你多多保重。"老鼠告别了水桶,又向那条僻静的后街爬去。他一边爬,一边伤感地想,过去的敌人水桶,如今也上了年纪,变得温柔善良了。

受伤的铁轨与月亮

铁轨从城里通向乡村，从乡村通向平原，然后又通往山里。

这里是离城里有几十英里的地方。有一天，一辆火车载着许多沉重的货物和旅客从这里通过时，铁轨有一个地方受伤了。

铁轨疼痛难忍，于是就哭了起来。还有比自己更不幸的吗？天天都有沉重的火车头从头顶上一次次地压过去，可火车头却毫不在乎。又岂止如此呢？太阳也照得铁轨浑身火烧火燎。想赶快找个阴凉的地方，可是自己又动不了。粗大的铁钉把自己的身体给死死地钉在了枕木上。不知我的身体会变成什么样子？想着想着，铁轨就哭了起来。

"你怎么了？"旁边盛开的红瞿麦花，歪着头含羞问道。

红瞿麦花总是来安慰铁轨。被她这么一问，铁轨高兴起来。

"没什么,刚才被一个火车头压伤了。伤得倒是不重,只是我想起了自己的身世,觉得悲伤,就哭了起来。"铁轨回答说。

"啊,是这样!像你这么坚强的铁轨也哭了,一定是忍受不了啦。如果换了我们,还不知会怎么样呢!话说回来,刚才是有一辆装满了木材、米袋子和煤箱子什么的货车经过。而且,今天的客车车厢也好像比往日长。山那边是海,还有温泉什么的,那些嚷嚷着的人们一定是去那里的。不过,幸好你的伤不重,太好了。"花亲切地说。

铁轨把闪闪发光的脸,朝向了花。

"有你这样温柔的花来安慰我,我心里别提有多高兴了。你不在我身边开放时,我心里别提有多寂寞了……"平时坚强无比、默默忍受的铁轨,又快要哭出来了。

听了这话,淡红色的瞿麦花悲伤地说:"不过,我活不了多久了,我太虚弱了。天这么热,好久都没有下雨了。"

这时,风从铁轨上掠过,花晃了一下。

铁轨侧耳倾听,然后说:"要下雷阵雨了,远处在打雷了。你的耳朵听不见,太远了。我听得到,因为我们是长长地连在一起的,所以声音可以传过来。"

花一边被风吹着,一边回答说:"真的吗?如果是那样,我太高兴了!"

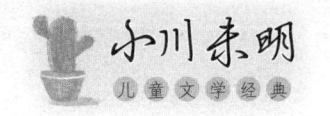

这时，吹着花的风告诉她说："是真的，今天这边也会下的。再过一会儿，乌云就会涌过来，把阳光遮住的。"

铁轨想快一点让水浇浇发烫的身体，好冷却下来。而花则想快点吸些水，好解解渴，她快要渴死了。

过了一会儿，黑云和灰云果然涌了上来，渐渐征服了蓝天，不知不觉，阳光全被遮住了。

像燃烧的火焰一般的红色原野一下子变得凉飕飕的，昏暗下来。与此同时，雷声越来越响、越来越近了。

铁轨和花不出声地望着可怕的天空。雨终于下来了。雨落在花上，落到了铁轨上。雨一边冷却着铁轨发烫的身体，冲洗着他的伤口，一边说："啊，好可怜啊……"

铁轨含着泪水，对雨讲起了今天被冷酷的火车头压伤的事，以及太阳每天毫不留情地从头到脚曝晒他的事。

雨听了，就用平静的语调这么教诲他："那可太委屈你了。我是来为你冷却发烫的身体的。我们马上就要离开这里了，不过，月亮随后就会出来的。月亮和太阳的性格截然不同，她虽然没有掌管着万物命运的太阳的那种力量，但听说她以前也是很伟大的。向月亮倾诉你的心里话吧！听了你的倾诉，月亮肯定会妥善处理的……"

果然，没过多久，乌云就散了，雨过天晴。随后，黄昏明净的天空如同溢满了蓝色的清水。

那天夜里，照耀着平原的月亮比往日更加皎洁，月光中还含着一种仁慈的光辉。被淋湿了的花，低着头早早地入睡了，从她的叶子后面传来阵阵虫鸣。

也许是远去的雨跟月亮低声说过了，月亮在照耀着这片平原时，先将她的身影映照在了铁轨上。铁轨告诉月亮，今天火车头把自己压伤了。

"不知是哪一列火车头，满不在乎地做出这样的事情，实在是太冷酷无情了。我要去批评他的鲁莽。你要是记得他的样子，就告诉我吧。"月亮说。

铁轨说出了火车头的号码。

月亮立即从城里赶到乡村，又从乡村赶到山里，全力以赴地寻找着铁轨告诉她的那列火车头。正好这时有一列火车在铁桥上奔驰。月亮想，会不会是这列火车头呢？就飞下来查看，一看号码不对。

月亮找遍了海岸和原野，确认了所有在行驶着的火车。有的整列都是货车，有的是客车连着货车。海边还有人在洗海水浴。"多美的月夜啊！"他们赞叹着，有的躺在沙滩上，有的在黑暗的海浪中游泳。客车的窗户里，也有人探出头来，眺望着大海的景色，说笑着。

然而，这列火车的火车头，也不是月亮要找的那列火车头。在同一时刻里，有许多列火车在地面上行驶，铁轨说的

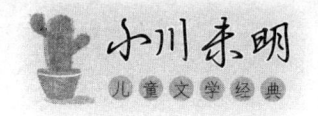

火车头也许钻进了隧道，始终没有进入月亮的视野。

送走了凉爽的一夜，铁轨已经忘记了昨天的痛苦，可第二天晚上，许下诺言的月亮还在到处寻找那列压伤了铁轨的火车头。这时，有一列火车头一动不动地停在一座火车站里，他的号码和平原上的铁轨说的一样。

月亮立刻来到火车头的上面，用平时那种平静的语调问道："你为什么那么闷闷不乐，一动不动？"

火车头被月亮这么一问，才开口诉说道："你不知道我有多么劳累，每天被迫跑很远的路。昨天因为装的货太重了，把一处车轮都给压坏了。我恨死那些沉重的货物和坐在车厢里的那些冷漠、有说有笑的人了……"

"这么说，你也伤了身体？"月亮问。

"是的。不知在什么地方与铁轨相碰，擦伤了一只车轮。"火车头回答。

月亮听了这话，不知道是谁错了，也无法再批评擦伤铁轨的火车头了。

"这些货物要运到什么地方去？"月亮又问。

"不只是一个地方。大箱子要运到港口的车站，煤和木材要卸到其他城市去。"火车头说。

"请你多保重吧……"月亮说完，又转到了港口。正好赶上一艘轮船冒着烟准备启航。那艘船上装了许多大箱子。

月亮又马上来到船上，照了照箱子。

"你们这是要去哪里？"月亮问。箱子没有作声，沉思了一阵子回答说："我们也不知要被运到哪里去。离开故乡之后，被装上火车，走了很久。现在一想到又要在这茫茫的大海上无依无靠地漂泊，心里就没底。"

于是，月亮想了想，这到底是谁的错呢？让我去看看人的情况吧！

月亮落到街上，环视了一下周围，看来已经很晚了，家家户户都关上了窗户。有一户人家的二楼是玻璃窗，于是月亮就朝里面望了望。只见一个可爱的婴儿正好醒来睁开了眼睛，一看见月亮，就开心地笑了。

三把钥匙

一

有一个青年，几乎每天都看见一只金色的鸟，高高地飞向天空。他觉得那不像是一只普通的鸟，一定是能为自己带来好运的使者，便开始寻找起那只鸟的去向。鸟窝肯定在什么地方。他出了门，决心不找到那鸟窝绝不回来。一到傍晚，金色的鸟就回到了山里，青年就朝那座山走去，爬上高高的大山。这时，从山上下来一个猎人，扛着猎枪，胸前挂着一个亮闪闪的东西。

青年看到了，觉得奇怪。因为它那一闪一闪的光，和远远地飞在天空的鸟的光一样。

"上山的路很陡吧，不知有没有鸟栖息的森林？"青年问猎人。

猎人瞪大了眼睛反问:"你为什么要爬这座山呢?"

青年回答说,自己是来找金鸟的鸟窝的。

"你说的那只鸟,就是我今天在山上打下来的这只老雕。老雕的爪子上有一把闪闪发光的钥匙。就是我胸前挂着的这把钥匙。"猎人说。

果然,猎人的背上背着一只灰色的老雕。青年心想,自己每天看到的那只高高地飞在天上的鸟,大概就是这只老雕。他很想问猎人要挂在胸前的那把钥匙,因为他觉得只要有了这把钥匙,自己似乎就会有好运。

"能不能把这把钥匙让给我?"青年请求猎人。

猎人考虑了一下,说:"你就是为了想得到这个闪光的东西才上山来的,这把钥匙应该归你。我只是想得到这只老雕,所以才把它打下来的,我本来也不需要这玩意儿……"说完,他摘下胸前挂着的钥匙,给了青年。

青年心里不知有多高兴。他告别了猎人,下了山。

"这把钥匙是为了开什么箱子的吧?"他把那把钥匙拿在手里仔细察看,发现上面有一个号码"2"。

可是,不知是谁什么时候把这把钥匙系在了老雕的爪子上,也没办法知道为什么要这样做。

老雕曾经用它的爪子在暴风雨中飞翔,在雪中行走,在森林、沙漠、山谷和山顶上飞起飞落,还曾用它的爪子勇敢

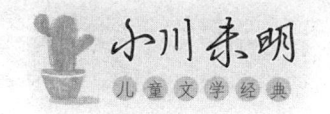

地与敌人搏斗过。正因为如此，钥匙才磨得金光闪亮。青年看了看钥匙上刻的号码，不知道这个"2"究竟是什么意思。不过，那时他就想，当在这个世界上找到能用这把钥匙打开的东西时，那就是真正的幸福了。于是，他开始了漫长的旅程。

二

另外还有一个年轻人。他立下大志，离开故土后，已经过去好多年了，可是一直没有达到目的，还在到处流浪。有一天，他拖着疲惫的步伐经过一座荒凉的旧城址时，发现倒塌的石头城墙缝里，有一个东西在夕阳的照耀下闪闪发亮。虽然那个闪亮的东西一半埋在土里，光不是那么强烈，但还是足以引起他的注意。

是什么在闪光呢？年轻人走近石墙边察看。他从里面挖出了那个闪光的东西一看，原来是一把钥匙。

这是用来做什么的呢？他想着，又仔细察看，发现上面有个号码"3"。因为他觉得这是把奇怪的钥匙，就没有扔掉。他想，一定有一个可以用这把钥匙打开的箱子，也许里面会有什么东西。倘若能找到那东西，自己的雄心壮志就可以全部实现了。

然而，那个秘密的箱子埋在哪里，他无从知晓。年轻人从这天起，就在这座旧城址和附近的城镇寻找开了，他想打听出黄金箱子的故事。年轻人是个聪明人，他一看，就判断出这把钥匙是用什么样的金子打造出来的。而且，他还断定这把钥匙能打开的箱子肯定也是用黄金做成的。因为他想，用黄金做成的箱子并不多，不是成了宝物被收藏在哪里的仓库里，就是被埋在什么地方，只留下了传说。

不过，这个聪明的年轻人从这把钥匙的号码是"3"，推断出还有跟这把钥匙相同的钥匙存在。因此，他担心会有人比自己先打开那个箱子。

打了好几把钥匙，说明这只箱子藏在了一个不容易被人发现的地方。想到这里，他觉得箱子还没有被人找到。

年轻人埋头调查起城堡历史的传说来。

三

还有一个地方，有一个年轻的小伙子，他每天晚上都到岸边的岩石上，倾听从大海中隐约传来的笛声。

因为传说有美人鱼住在大海里，这个男人甚至会想，这笛声大概就是美人鱼吹的吧？

"多么动听的笛声啊！"他忘记夜已经很深了，一直陶醉

在笛声中。在明月当空的夜晚，那笛声听起来似乎很近。在阴天的夜晚，又觉得那笛声是从很远的地方传来的。而在暴风雨的夜晚，则连一点声音也听不见了。

一天晚上，他像往常一样伫立在岩石上侧耳倾听。尽管是一个月光皎洁的月夜，可是却听不到笛声。

他想，这是怎么了呢？只能听到波浪拍打的响声，听不到笛声。他甚至觉得，也许永远也听不到了。

就在这时，一个埋在沙子里的闪光东西映入了他的眼帘。是海浪把它冲到这里来的。那会是什么呢？他拾起来一看，原来是一把金钥匙。

从这把钥匙被冲到海滩上来的那一刻起，笛声就停止了。这让他觉得奇怪，他想，大概是美人鱼把这把钥匙赐给了自己，让他打开一个隐藏在什么地方、还没有被这个世界发现的箱子的吧？于是，他就拿着那把钥匙回到了家里。

三个男人分别拿着一把钥匙，到处寻找隐藏在这个世界上的宝箱。这个传言不知什么时候挂在人们的嘴边了。于是，终于有一次，三个男人在某个地方相遇了，他们分别拿出各自的钥匙来一看，才知道原来这三把钥匙完全相同。

"为什么会有三个一模一样的东西呢？"一个青年觉得奇怪。

"准是箱子的主人认为三把钥匙不会都被找到的,只要其中一把能留在这个世上就行。"另一个年轻人说。

"那箱子里一定装着宝物呢。"

"我也是那么想的。"

"也许根本就没有咱们想的那种宝物。"

三个男人说出了各自的想法。然而,那只装宝物的箱子在哪里,却一点线索也没有。

"我是从旧城址里找到这把钥匙的,肯定是古代的东西。"一个人说。

"可是,我是从系在老雕的爪子上摘下来的,所以不会是很古老的东西。"一人说。

三个人最后决定把这钥匙拿到城里,让专家来鉴定。

专家仔细看过后,说:"这些钥匙锁着的黄金箱子,几年前被人从地底下挖了出来,现在收藏在博物馆里。但是,我认为那里面什么也没有。不管怎么说,我现在就带你们去博物馆查看一下吧!"

听了学者的话,三个人大失所望。但是,因为还抱有"万一箱子里会有什么东西"的一线希望,他们还是出发了。

四

学者和三位青年来到了博物馆。很快,一只金色的箱子就被抬了出来。那只箱子并不大,但确实是用黄金做成的,所以即使是埋在土里,也不会腐蚀。三把钥匙中的任何一把,都能把它的盖子打开。学者当着三个人的面,把那只箱子打开了,里面只有一张写着字的纸。

"我想尽了各种方法来扔这三把钥匙。我想,它们一定会被我想邂逅的人拾到。如果那个人想要一片广阔的土地,我就把那片土地给他。如果那个人热爱艺术,我就给他各种各样的珍宝。如果那个人希望跟我结婚,我就会成为那位勇士的妻子……"上面写着这样的话。

读了这些文字后,三个人目光炯炯。

"先生,我们到哪里去,才能见到这位公主呢?"三个人问学者。

学者听了,望着三人的脸,冷冷地笑了笑,说:"时光不可倒流,这已是很早以前的事情了。至少已经过了三百年……"学者回答。

三个人失望了,分别把各自持有的钥匙都交给了博物馆,然后,就各奔东西了。

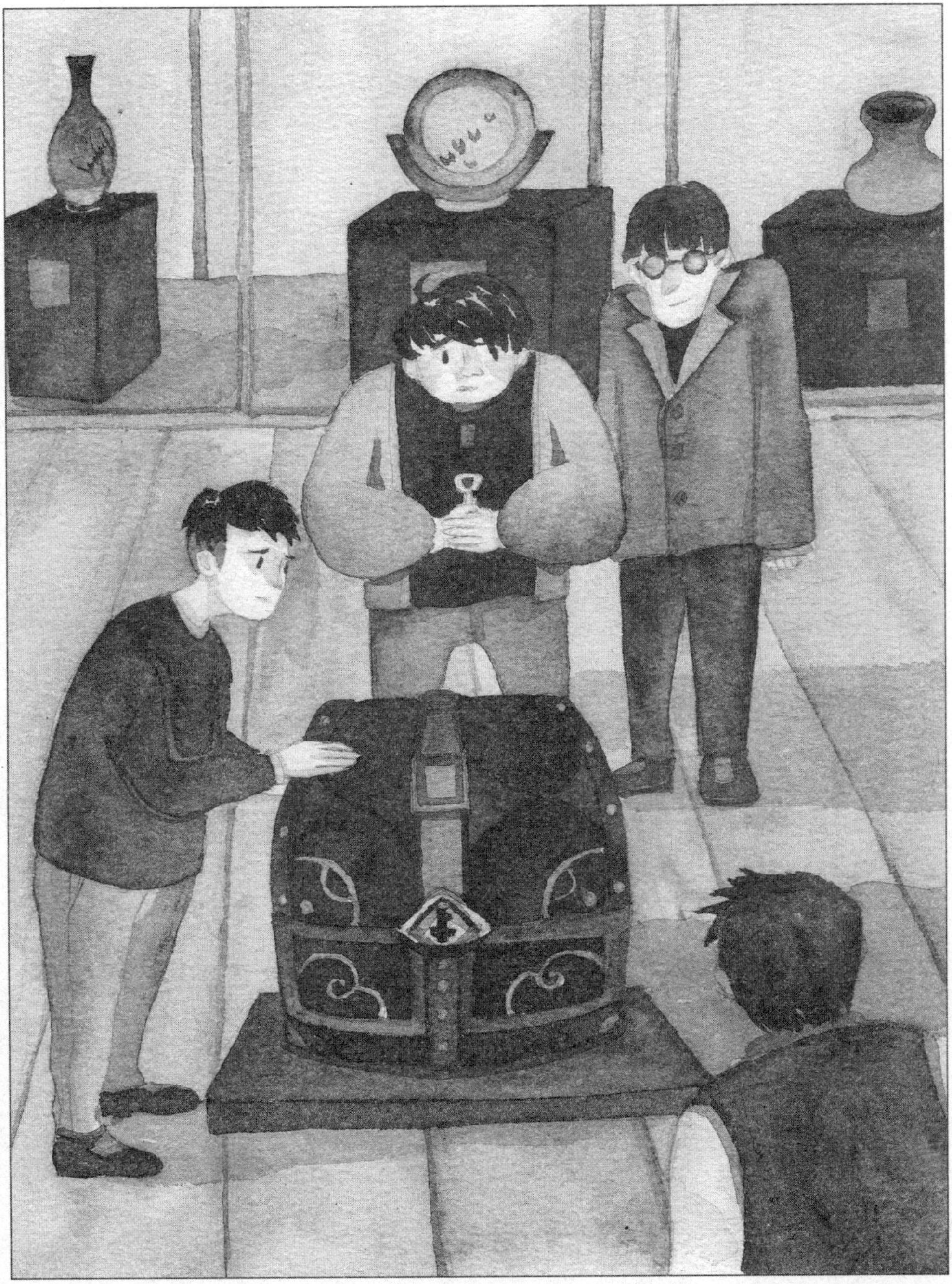

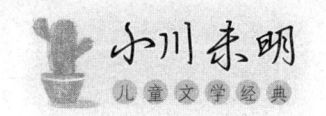

"这钥匙已经没有用了……"青年们纷纷说。

目送着青年们离去的背影，学者笑了。

后来，学者从什么文献中偶然发现了以下的记录：公主是老爷的独生女，而且是一位绝代佳人，曾经祈愿招三个郎君，可是却一个也没有找到，羞愧至极，登上此山一生为尼。

这一文献是在大山上的一座废寺中发现的。

学者想起上次那三个男人时隔几百年后，一起拿着钥匙来找自己的事来。这个公主，就是博物馆收藏的那个黄金箱子的主人吧？所谓的祈愿，就是箱子里那张纸上写着的文字吧？他终于明白了。

有一年夏天，学者特地登上了那座大山。白云飘过山顶。倒塌的寺庙里面，现在已经没有人住了。学者久久地伫立在那里，想象着从前这座寺院里有一位美丽的尼姑，仰望夜空，在月光云影下郁郁地沉思。

月亮和海豹

北方的大海冻成了银色。在漫长的冬天里,太阳很少在这里露面,因为太阳不喜欢阴冷的地方。大海就像死鱼的眼珠一样混浊、阴沉,雪下了一天又一天。

一只海豹妈妈蹲在冰山顶上,呆呆地环顾着四周。这只海豹有着一颗善良的心。初秋,她可爱的孩子不知跑到哪里去了,她怎么也忘不了,所以每天都这样环顾着四周。

跑到哪里去了呢?今天也没有见到影子。海豹这样想着。

寒风不停地吹着。失去了孩子的海豹无论看到什么,都感到无比悲伤。不管是看到当时还是蓝色、如今已经变成了银色的大海,还是看到飘落到身上的白雪,她都会心头悲哀。

风呼呼地刮着。即使是面对寒风,海豹也要诉说。

"你在什么地方看到我那可爱的孩子了吗?"可怜的海豹

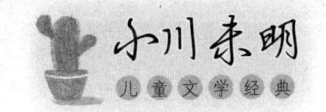

用忧郁的声音问。

一直旁若无人地刮着的暴风,被海豹这么一问,打断了她的话:"海豹,你是因为思念失散的孩子,才每天蹲在这里的吗?我原来还不明白你为什么要整天一动不动地待在这里呢。我现在正在跟雪搏斗。是雪占领这片大海,还是我占领这片大海,马上就要展开一场殊死的角逐了。是啊,这一带的海上我几乎都跑遍了,可是没有见到过小海豹呀。也许躲在冰川下面在哭吧!下回我会注意帮你看看的。"

"你真是好心肠!不管多么寒冷,我都会坚持等在这里的。如果你在海上奔驰,发现我的孩子在哭着找妈妈时,请务必通知我。无论是什么样的地方,我都会翻越冰山,去接孩子的……"海豹热泪盈眶地说。

风虽然急着赶路,但还是回过头来说:"我说海豹呀,秋天渔船来过这里,如果当时被人抓走了,那就不会再回来了。这回我去帮你好好找找,如果再找不到,你就死心吧。"风说完,便疾驰而去。

风走了之后,海豹放声痛哭起来。

海豹每天都在期待着风的回音。可是无论怎么等,曾经答应过她的风都没有再回来。

"风是不是出了什么事……"

海豹这回又为风担忧起来。一阵又一阵的风刮了过去。

虽然都是风,但是海豹却再也没有遇到过上次那样的风。

"喂,喂,你现在要到哪里去呀?"海豹问正从自己面前通过的风。

"啊,也说不上会去哪里。我们只是跟在朝前面刮的伙伴的后面……"那股风回答说。

"我曾求过先前从这里刮过的风一件事,我在等待他的回音……"海豹伤心地说。

"答应你的那股风还没有回来吧?我也不敢肯定能不能见到那股风,不过,如果见到了,我会替你传话的。"说完,这股风也不知跑到哪里去了。

灰色的大海静静地沉睡着。雪与风搏斗着,变成碎片在天上飞舞。

这么一动不动地等着,海豹想起上一次月亮照亮自己身体时,曾经问过她:"你很孤独吧?"

当时,自己仰望着天空,对月亮诉说道:"实在是太孤独了!"

海豹记得,当时月亮脸色忧郁地凝视着自己,就那么躲到乌云后面去了。

孤独的海豹每日每夜地蹲在冰山顶上,思念着自己的孩子,等待着风的回音,有时也会想起月亮。

月亮并没有忘记海豹。月亮的旅行和太阳不一样,太阳

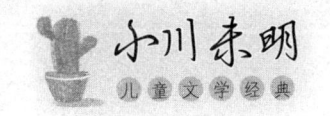

总是整天眺望着热闹的城镇，俯瞰着百花盛开的原野，而月亮却总是一边看着凄凉的小镇、昏暗的大海，一边旅行。而且，还要看看那些可怜的人的生活情景和因饥饿而哀号的野兽们的动静。

当望见失去孩子的海豹妈妈，彻夜不眠地在冰山顶上哀叫的情景时，就连已经见惯了世间悲哀、对什么都无动于衷的月亮也会从心里觉得她可怜。周围的大海太昏暗，太寒冷，没有什么能让海豹快乐起来的事情。

"你很孤独吧？"月亮轻声问道。

海豹仰望着天空，诉说起内心的悲伤来。

可是月亮对此也无能为力。从那天晚上开始，月亮就想，一定要想办法安慰安慰这只可怜的海豹。

一天夜里，月亮一边俯视灰色的大海，惦记着那只不知怎样了的海豹，一边在天上匆匆赶路。风还十分寒冷，云低低地掠过冰山。

果然，可怜的海豹这天夜里还蹲在冰山顶上。

"你很孤独吧？"月亮温柔地问道。

海豹比上次显得更加消瘦了。她悲伤地仰望着天空，对月亮诉说道："很孤独。我还不知道孩子的下落。"

月亮那张苍白的面孔望着海豹，把银色的月光洒在了可怜的海豹身上。

"世界上没有我看不见的地方，我给你讲一个远方国度里的有趣故事吧。"月亮对海豹说。

可是海豹摇了摇头，向月亮请求说："请告诉我，我的孩子在哪里？风答应我，找到了会告诉我的，可是至今没有回音。如果你知道世界上所有的事情，我不想听别的事情，就请你告诉我，我的孩子在哪里吧！"

月亮一下子被这句话给憋住了，不知如何回答。这个世界上，并非只有海豹丢失了孩子，像孩子被抢、被杀这样悲惨的事情到处都在发生，实在是没有办法一个个记住。

"就在这片北海上，也许就有许多只海豹丢失了孩子。不过，因为你太惦记孩子了，所以就倍感悲伤。我也觉得你可怜。过几天，我会带来一件让你开心的东西……"说完，月亮又躲到乌云后面去了。

月亮并没有忘记答应海豹的事。一天晚上，在南方的一片原野上，一群年轻男女在鲜花盛开的花丛中吹着笛子、敲着鼓，翩翩起舞。月亮在天上看到了这一情景。

这些年轻男女都是牧人。这一带已经相当暖和了，人们要到田里去耕地了。干了一天庄稼活之后，到了傍晚，人们便来到月光下，这样跳舞唱歌，忘记一天的疲劳。

月光下，小伙子们追赶着牛羊，沿着朦胧的路回家了，姑娘们则在花丛中休息。不久，姑娘们就被花香薰醉了，再

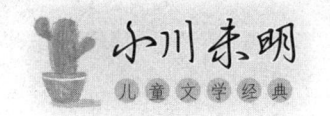

被柔和的晚风一吹，个个都迷迷糊糊地睡着了。

这时，月亮发现有一只小鼓被丢在了草原上，就想，把它拿去送给海豹吧。

谁也没有发现月亮伸手拿走了小鼓。那天晚上，月亮背着鼓，向北方奔去。

北方的大海依然是一片银白，刮着寒风。海豹还蹲在冰山顶上。

"来，送给你这件我上次答应过你的东西。"说完，月亮把小鼓递给了海豹。

海豹好像很喜欢那只鼓。过了些日子，当月光照亮这一带的海面时，冰雪开始融化，从海浪中传来了海豹的击鼓声。

癞蛤蟆妈妈

癞蛤蟆都非常温顺，而这只大癞蛤蟆因为是很多只小癞蛤蟆的妈妈，所以就更温顺了。

后街在一个斜坡上，有一条长长的小路。癞蛤蟆就住在路旁的灌木丛里。去年，刚好也是现在这个时候，这只癞蛤蟆妈妈来到这条坡道上，看着孩子们欢蹦乱跳。

来来往往的行人们都朝癞蛤蟆看。

"这只癞蛤蟆多好玩啊，可别踩着它。"女孩子们说着，躲闪着走了过去。

癞蛤蟆妈妈想：人的心地多么善良啊！

很快，今年又到了这个季节。梅雨时分的坡道上湿漉漉的，灌木丛里的草木郁郁葱葱。癞蛤蟆妈妈又像去年那样，来到了小路上。

有一天，这只大癞蛤蟆想去看看人住的家里是个什么样子。

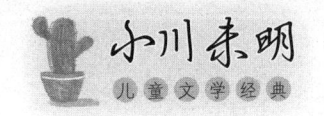

"今天去参观一下吧。"说完,她就满不在乎地下了坡,朝镇上爬去。

癞蛤蟆走路很慢,所以,等她爬到镇上的时候,已经接近黄昏了。

嗯,一家一家地走着看吧。大癞蛤蟆想。

癞蛤蟆以为人都是善良的,所以也没有多想,就进了一户人家的门。

这是一家米店。米店的老爷爷觉着好像有一个什么又黑又大的家伙走了进来,仔细一看,原来是一只癞蛤蟆。

"哎呀,哎呀,你跑到这里来不是找麻烦吗?快出去!"老爷爷说着,笑呵呵地用棍子尖把癞蛤蟆挑到了门外的马路上。

癞蛤蟆妈妈也没觉得怎么难过。她又进了隔壁的一户人家。

隔壁是一家木炭店。女主人正在做过冬的煤球,看见癞蛤蟆进来了,就说:"跑到这里来,要变成黑煤球的,快走开!"

她随手就抄起一把扫帚,装出一副要把癞蛤蟆轰到马路上的样子。

癞蛤蟆妈妈也没觉得怎么难过。她乖乖地爬出那户人家之后,又进了另一户人家的门。黄昏的天空非常晴朗。癞蛤蟆进门一看,发现有一片干净的水,里面有很多鱼在游来游去,便欢天喜地地一下子跳了进去。

"啊——"边上的孩子们吓了一跳。原来这是一家金鱼店。金鱼店的老爷爷立即用网子把癞蛤蟆捞了出来,扔到了外面的马路上。孩子们又哄的一声笑了起来。

癞蛤蟆妈妈想起了自己的孩子们,便朝着黑暗的坡道爬去。

南方物语

一

在北方的小镇里，人们说有燕子在家里筑窝是好事。不知从什么时候起，燕子不怕镇子里的人了。这些聪明的燕子，知道哪一家起得早，开门早，哪一家住着什么性情的人，这家人生活是不是有规律。如果不是这样，燕子也就不可能放心大胆地在人家里筑窝了，也就不会在人家里养育自己的宝贝孩子了。

燕子觉得好的人家，确实都是好人家，在那里筑窝也是理所当然的事。不过，这里面还有一段小镇上的人们为什么这么喜爱燕子的故事。

那是很久以前的事情了。

这座海边小镇的人驾船出海去打鱼。有一天，几只渔船像往常一样浮在蓝色的海浪之间打鱼。这时，天气突变，刮起了可怕的暴风。一直都很宁静的大海翻着白浪，如同水在沸腾，风也越刮越猛。几只渔船立刻被打翻了，只有一只渔船被冲到很远很远的海面上去了。

暴风停了之后，这只渔船在辽阔无垠的大海上无依无靠地漂荡着，也分不清哪边是北，哪边是南。

这只船上的三个人你看看我，我看看你，互相叹息着。生死只好听天由命，没有别的路可走了。

真是奇迹，渔船没有翻，而是随波逐流，任凭风吹着，不知在海上漂了几天。三个人拿出为这种时候准备的鲣鱼干和海带，勉强充饥。

今天能不能遇上别的渔船呢？明天能不能漂到什么海边呢？他们抱着徒然的希望，看着太阳从海上升起，又目送着火红的太阳沉入海中。

"要想办法活下去啊！"

曾经一度等死的人们，就这样每天看着平静的大海，心中渐渐燃起了要想办法活下去的希望。

曾经那么可恨的风，这会儿正温柔地在他们的耳边低声细语，吹拂着他们的面颊。渔船就这样漫无目的地漂泊着，任风吹向某一个地方。

海上笼罩着一层薄雾，一天又要白白地过去了。这时，

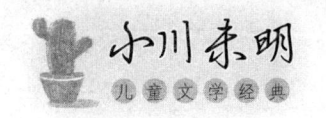

他们看见远处有个红红的火影。

"火！火！"

三个人凝视着那里，顿时精神倍增，掌着舵把船拼命地朝那边划去。灯影渐渐地接近了，好像是一盏小灯塔。

"这里究竟是什么地方呀？"

透过夜空看去，只见热带植物丛生林立。他们这才知道，这里是大洋当中的一座小岛。

"简直像在做梦。"一个人说。

"会不会是座幽灵岛啊？"

"管它是什么地方呢！这一带好像有很多岩石。大概是有渔船出海，所以才点起那堆火的吧？"另一个人说。

三人想，就这么等下去，永远也不会得救的。于是，就冒着生命危险，小心地穿过岩石，登上了那座小岛。

岛上到处都是屋顶低矮的房子。阔叶植物郁郁葱葱，被海风吹动着，如同扇动的大蒲扇，啪嗒啪嗒地在夜空中回响。而且，还不知从哪里飘来兰花的芳香。

三个人登上了这座陌生的小岛。他们抑制住不安的心情，走近了一座房子，从窗户向里面张望，只见一个长头发、有一双美丽眼睛的少女，正裸露着两只肩膀低头磨贝壳呢！

人种虽然不同，但当他们明白这座小岛上的人绝对不是

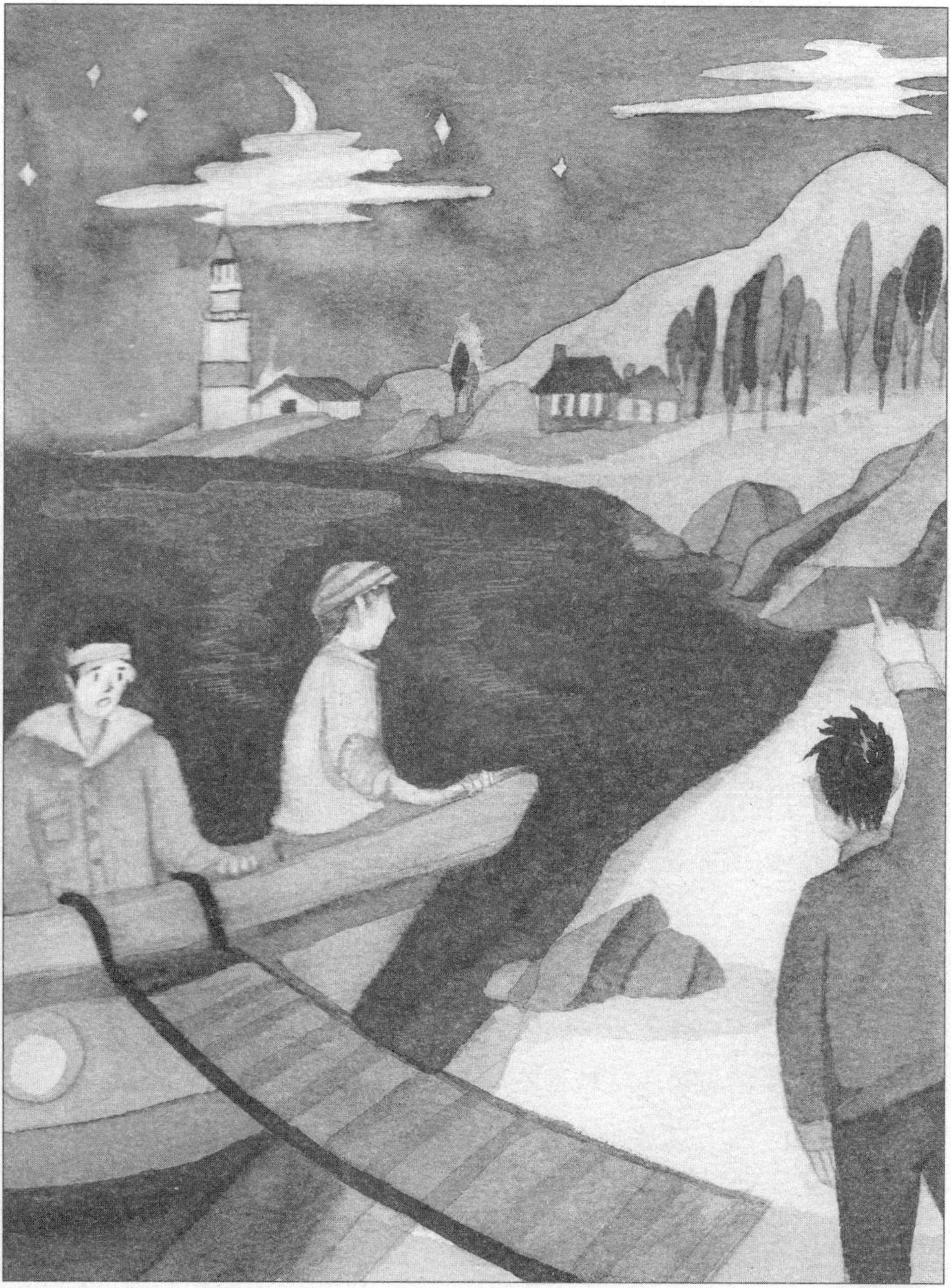

坏人之后，便放心大胆地在岛上转悠开了。不久，岛上的人们也发现了他们，好奇地围到了他们的身边。

虽然彼此不懂对方的语言，但是通过打手势，他们终于明白这三个人是由于遭到暴风的袭击，从遥远的北方漂流了好几天，漂到这个小岛上来了。

三个人连日受到了岛上人们的盛情款待。这期间，他们恢复了体力，又重新鼓起了勇气，决定再次返回遥远的故乡。

岛上的人们不仅为三个人修好了渔船，张上了新帆，而且还备好了食物和水。美丽的姑娘们把她们自己用贝壳制作的扣子，送给他们一人两个，祝愿他们平安回到故乡。虽然语言不通，但是人的感情是一样的。岛上人们的真情实意打动了三个人的心，让他们永远也难以忘怀。三个人的感恩之心也传达给了岛上的人们，当他们乘上渔船准备告别的时候，姑娘们含泪为他们送行。

二

海岛的景色久久地留在了三个人的眼睛里。他们还记得很多燕子住在这座小岛上，岛上的人们也称这座小岛为"燕子岛"。

就这样，三人驾驶的渔船如同被无边的蓝色大海吸走了似的，又开始了无助的漂荡。岛上的人们告诉他们跟着太阳走，这成了他们唯一的依靠。

然而，返回北方的旅程并没有那么容易。有一天，如同一片树叶一样无助的小船，又被风给吹跑了，漂到了另外一个陌生国度的岸边。这个地方的人没有岛上的人们那么亲切热情。三个人立刻为缺钱而陷入了苦恼。他们身上没有什么东西可以卖钱。这时，一个人想起了岛上姑娘送给他们的扣子。

"哎，兄弟们，这美丽得无话可说的扣子，能换些钱吧？"

听他这么一说，另外两个人歪着头，说："是啊，大概也卖不了几个钱，但可以给他们看一看。"

然后，他们就在街上转来转去，进了一家专卖稀罕玩意的店，把扣子拿出来给人家看。

店主模样的人接过那六只扣子，仔细地端详了半天，然后问："你们要多少钱？"

三个人讲起了自己被风吹到这么遥远的地方来的事情。说是只要够返回故乡的旅费就成——虽然心里觉着卖不了那么多钱，但还是说了出来。

"不知你们需要多少钱，我出足了，用五块金币换怎

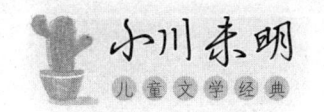

样?"店主说。

他们没想到能卖这么多钱,心里高兴坏了,于是,就卖掉了扣子,踏上返回故乡的旅途。后来,他们又度过了一段艰难的日子,最后终于回到了思念的故乡,见到了兄弟姐妹和父母。

"那些扣子是用什么东西做的呢?"

三个人现在回想起来,觉得那不像是普通的贝壳。一想到那座小岛的事情,简直就像是一场离奇的梦。美丽的姑娘们、岛上亲切热情的人们、丛林,还有那盏灯塔的火影……

"真想再去那座小岛看一看!"

三个人每次凑在一起,就会谈起那时候的事情,幻想着南方那片遥远的大海。

到了春天,燕子飞来的时候,他们就会说:"是从那座小岛飞来的,从燕子岛飞来的。"他们打心眼儿里欢迎这些聪明的小鸟。

镇子里的人们听三个人讲了"燕子岛"的故事之后,心想,世界上哪会有像他们说的那么好的地方啊!

"是燕子带来了幸福。"人们说,人们都希望燕子能在自己的家里筑窝。就这样,不知从什么时候起,燕子们知道只要飞到北方,人就会保护自己,绝对不会伤害自己了。

到了夏末,燕子又舒展紫色的翅膀,从北方飞回南方。

三

没有冬天的南方，这时还是盛夏。湖水如同银子般粼粼反射着日光。一边是如同刀切的高高的悬崖，红色的地表映在平静的水面上。燕子一家在那座悬崖的半山腰上，挖了一个圆圆的洞，筑了一个窝，而且，还在洞里养了小燕子。

有一天，燕子妈妈从洞里飞出来，箭一般地飞向湖面。正好这时，一只翠鸟无精打采地呆立在那片茂草丛中，当它看见从头顶飞过的燕子时，突然大声叫住了燕子。

燕子以为出了什么事儿，就降下来，落在了一条粗壮的芦苇上。"怎么了？"燕子快活地问。

"我弟弟不知怎么了，还没有回来，你看到我弟弟了吗？"翠鸟担心地问。

燕子好像刚想起来似的，一边点头，一边安慰它说："那是在高山上的一座总是下雪的北国小镇，有一天，我正飞着，发现一家镶着玻璃门的药店里，有一只珍奇的小鸟标本。我觉得好像挺眼熟，但当时很急，没有看清楚。不过，我想，那不会是你弟弟。你弟弟很快就会回来的。"

翠鸟羡慕地仰望着燕子，感慨地说："你们到了哪里都惹人喜爱，真是幸福啊！"

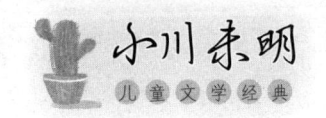

燕子好像是要否定这些话似的,张了张翅膀,回答道:"在北国是那样,但是到了这边,可就万万大意不得了。蛇在瞄着孩子们呢!"

翠鸟在水面上飞来飞去,说:"这回的窝不是一个很安全的地方吗?而且,鸟窝周围的树枝上还有很多毛毛虫,所以,也用不着跑那么远去找食吃了。"

"翠鸟兄弟,这正是我的谨慎之处。谁都会认为洞旁边会有我们喜欢吃的东西。我不去捉它们,就是为了把鸟窝遮掩起来。这个秘密我只告诉你这样的好朋友!"燕子很自豪地说完,就飞走了。

洞里的小燕子总是缠着燕子妈妈。小燕子已经睁开了眼睛,叽叽地叫着,爬到了洞口边上,没有经过妈妈允许,就探出小红嘴丫,张望外面的世界。

美丽的湖水波光闪闪,就在眼下。小燕子看见就在洞前面、缀满绿叶的树枝上有很多虫子在爬,就是自己喜欢的、妈妈总是从很远的地方叼回来的虫子。

"这是怎么回事?妈妈可能还不知道吧?"

小燕子们伸长脖子,争着去捉那些虫子。紧接着的一瞬间,小燕子们全都掉到湖水里淹死了。

燕子妈妈还不知道这一切。被认为是聪明和幸福的燕子,回到南方,也会遇到这样意想不到的灾难。

雪地上的舞蹈

夏天，在遥远的北方岛屿上干活儿的人们，因为天气已经渐渐地变冷，所以，要撤回南方去了。

"临别前，大家聚在一起快活一个晚上吧！"这些人提议。

小山丘上有一间小屋，小屋有一扇红色的窗户。一天晚上，他们聚集在那座小屋里，男男女女围坐在餐桌旁。餐桌上摆满了各种水果、鱼肉、鸟肉和野兽的肉，每个人面前的酒杯里，都斟满了五颜六色的美酒。

香味从小屋的窗户飘到了外面。住在岛上的狐狸闻到了香味，馋得直流口水。狐狸想，香味是从哪里飘来的呢？于是，就顺着香味找来了。

狐狸看到人们在小屋里愉快地吃着喝着。外面，天已经发黑了，只剩下森林的上方还有一抹淡淡的晚霞。相反，屋子里却像白天一样明亮。

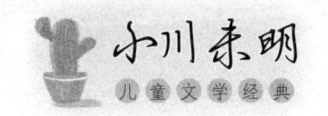

人是那么愉快地生活着，而我们却总是过着乏味的生活，真没劲！狐狸想着，就站在附近的树丛下，出神地凝望着敞开的窗户里面的情景。

　　过了一会儿，宴会好像结束了，大家离开了餐桌，唱歌奏乐，开始跳舞。那些女人漂亮极了，大家都穿着最好看的衣裳，戴上了所有的戒指。男男女女踩着节拍，开心地跳着舞。每当女人们挥动手臂的时候，戒指上的宝石就会一闪一闪地发出蓝色和金色的光芒。

　　"啊，多美啊！"狐狸感慨万分地看着。狐狸本来就善于表演，看着看着，自己也不知不觉地跟着欢乐起来，扭动腰肢，跳起舞来。

　　那天夜里，小屋里闹到了很晚。可是，现在已经是冰天雪地的冬天了，白雪覆盖了整个岛屿。那些人现在不知到哪里去了？他们大概在想，等到了明年春天，等到了岛上冰雪融化时才能再来吧！

　　风猛烈地吹过雪地，周围一片寂静。狐狸若有所思地叹了口气，仰望着天空说："啊，真无聊！"

　　天不知什么时候全黑了，星星一闪一闪地放射着光辉。

　　"什么事使你变得这么无聊？"星星说。那颗大星星，是北海天空的国王。

　　"星星大人，我太寂寞了。我想什么时候也像人类那样热热闹闹地跳舞。"狐狸回答。

星星一边俯视着黑色的大海、冻得发抖的森林，以及窗户紧闭、没有人住的小屋，一边点了点头。

"你说得对，你想跳就跳吧！"星星说。

"星星大人，我再怎么想跳，一个人也跳不起来呀！"

"那倒也是，一定还有其他伙伴的。你可以到森林里去跟猫头鹰商量一下。"星星又说。

狐狸去了森林。猫头鹰百无聊赖地鼓动了一下身体，嘴里嘀嘀咕咕地说着什么。听狐狸这么一说，猫头鹰睁着大圆眼睛说："这是一个好主意！我也正为无聊发愁呢，我来唱歌。"

"谁来奏乐呢？"狐狸问。

猫头鹰说："那风婆婆最合适了。刚才我还看见她提着一只破手风琴，朝远处走去了。"

于是，猫头鹰和狐狸俩去找风婆婆了。风婆婆正坐在掉光了叶子的树下，所以一下子就找到了。

"风婆婆，请你跟我们一起跳舞，为我们拉手风琴吧！"

风婆婆听了，高兴地答应了。

狐狸想，要是有年轻貌美的女人和我们一起跳舞，那该有多热闹呀！那样的话，我们的舞蹈就不会比人差了。于是，他问道："风婆婆，除了我们之外，还有没有年轻漂亮的女人呢？"

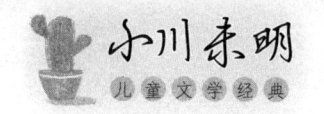

风婆婆对这座岛屿太熟悉了，而且，她不像一般的老年人，脑子非常灵活，没有人能比得上她。

风婆婆纹丝不动地坐在树下，说："那我去叫雪女来吧。还有，今天晚上，美人鱼大概也会在岩石上的。如果在，我也把她带来吧！"

这天深夜，就在这座北方的岛屿那白雪覆盖的原野上，举行了一场盛大的舞会。猫头鹰唱歌，风婆婆拉着漏风的手风琴，狐狸带头，雪女、美人鱼跟在后面，自如地舞动着手臂，扭着身子，翩翩起舞。雪女洁白的牙齿和水晶般透明的眼睛闪闪发光，美人鱼的头上和脖子上佩戴的大海里珍奇的贝壳及珊瑚，也放射出璀璨的光辉，那是人类戒指上镶嵌的宝石所不能比的。

"啊，我口渴了！"猫头鹰说。

"啊，我肚子饿了！"狐狸说。

可是，这里既没有酒和水果，也没有其他食物。美人鱼说她下次一定从海里多带些吃的来。风婆婆说要带酒来，狐狸说他要想办法从森林里采些树上的果实来。什么时候才会再开一次舞会呢？

不久，大家就散去了。除了天上的星星和聚集在这片树丛里的动物之外，没有人知道这里曾经开过这样一个舞会。那是一个发生在海浪都要结冰的寒夜里的故事。

图书在版编目(CIP)数据

牛女/(日)小川未明著;周龙梅,彭懿译.—杭州:浙江少年儿童出版社,2019.2(2021.5重印)
(小川未明儿童文学经典)
ISBN 978-7-5597-1180-9

Ⅰ.①牛… Ⅱ.①小…②周…③彭… Ⅲ.①童话-作品集-日本-现代 Ⅳ.①I313.88

中国版本图书馆 CIP 数据核字(2018)第 283559 号

小川未明儿童文学经典

牛女

NIU NÜ

[日]小川未明 著　周龙梅 彭懿 译

责任编辑	陈小霞　王　卉
美术编辑	赵　琳
内文绘图	钱许晴
封面绘图	刘家彤
封面设计	辰辰星
责任校对	苏足其
责任印制	王　振

浙江少年儿童出版社出版发行
地址:杭州市天目山路 40 号
杭州杭新印务有限公司印刷
全国各地新华书店经销
开本 850mm×1300mm　1/32
印张 5.5
字数 96000
印数 13001—19000
2019 年 2 月第 1 版
2021 年 5 月第 3 次印刷
ISBN 978-7-5597-1180-9
定价：25.00 元

(如有印装质量问题，影响阅读，请与承印厂联系调换)
承印厂联系电话:0571-87860154